繪／紅鱗

繪／紅麟

Gaea

Gaea

THE UNIQUE LEGEND
vol. 08
特殊傳說 III
護玄—著

特殊傳說 III

vol.08

目錄

特殊傳說 III

THE UNIQUE LEGEND

人物介紹

Atlantis 學院

姓名：褚冥漾（漾漾）
種族：妖師
班級：高中三年級C部
個性：平時有些被動，但堅毅善良。對各種事物很常在腦內吐槽。
喜好：好吃的食物
身分：凡斯先天力量繼承者

姓名：颯彌亞．伊沐洛．巴瑟蘭（冰炎）
種族：精靈、獸王族混血
班級：大學一年級A部
個性：凶暴、謹慎。
喜好：書、睡
身分：黑袍、冰牙族三王子獨子

其他

姓名：米納斯妲利亞
種族：？
個性：冷靜睿智，在守護主人上極具耐心與溫柔。
喜好：教化另一個幻武兵器
身分：褚冥漾的幻武兵器之一

姓名：希克斯洛利西（魔龍）
種族：妖魔
個性：直爽嘴賤，喜歡有趣的人事物。
喜好：？
身分：褚冥漾的幻武兵器之一

姓名：雪野千冬歲
種族：人類
班級：高中三年級C部
個性：有點自傲，只對自己承認的人友善。
喜好：書、朋友、哥哥
身分：情報班

姓名：萊恩．史凱爾
種族：人類
班級：高中三年級C部
個性：性格沉穩，日常瑣事上很隨意。
喜好：飯糰、飯糰、飯糰
身分：白袍

姓名：藥師寺夏碎
種族：人類
班級：大學一年級A部
個性：溫柔鄰家大哥哥，但其實個性淡泊，
不太喜歡與人深交。
喜好：養小亭、研究術法與茶水點心
身分：紫袍

姓名：西瑞．羅耶伊亞（五色雞頭）
種族：獸王族
班級：高中三年級C部
個性：爽朗、自我中心，一根筋通到底。
喜好：打架、各種鄉土戲劇與影片
身分：殺手一族

姓名：米可蕥（喵喵）
種族：鳳凰族
班級：高中三年級C部
個性：善良體貼，人緣極佳。
喜好：喜歡學長、烹飪、小動物，以及很多
朋友。
身分：醫療班

姓名：哈維恩
種族：夜妖精
班級：聯研部 第三年
個性：嚴肅，對忠誠的事物認真負責，厭惡腦殘白色種族。
喜好：術法研究、學習
身分：沉默森林菁英武士

姓名：莉莉亞．辛德森
種族：人類、妖精混血
班級：高中三年級Ｂ部
個性：以家族為傲，些許驕縱，其實相當善良。
喜好：可愛的小飾品
身分：白袍

姓名：殊那律恩
種族：鬼族
個性：安靜少言，偶爾會隨意地捉弄人。
喜好：術法鑽研
身分：獄界鬼王

姓名：深
種族：無
個性：沉穩，堅毅寡言。
喜好：百靈鳥、黑王、毀滅世界
身分：陰影

姓名：式青（色馬）
種族：獨角獸
個性：美人希望是怎樣就怎樣！
喜好：大美人小美人
身分：孤島遺民

其他

姓名：白陵然
種族：妖師
班級：七陵學院大學部三年級
個性：不太隨便與人打交道，只和有興趣的人互動。
喜好：泡茶、茶點
身分：妖師首領、凡斯記憶繼承者

姓名：褚冥玥
種族：妖師
班級：七陵學院附屬假日研修生
個性：冷靜幹練，氣勢強悍。
喜好：逛街、漂亮的飾品
身分：凡斯後天能力繼承者、紫袍巡司

姓名：西穆德
種族：血妖精
個性：認真、忠誠。
喜好：無
身分：鬼楓崖菁英戰士

「哎小孩……」

高大的長髮男人坐在舒適的椅子上，流金似的雙眼閃過戲謔的笑意，純粹且微微映著細光，他拿著下屬臨時找來的髮梳，慢慢梳著小喪屍糾結的頭髮，小喪屍毫無反抗，動作宛如定格，像個沉默無聲的娃娃。

四周時間靜止，粉塵與空氣被凝結在碎散的光中，空間維度傾斜，這方土地與外界完全斷連，此刻的寂靜彷彿即將變爲永恆。

「此刻開始的這些話，我會封存在你的記憶，作爲給予後輩的贈禮，你就和這段旅行所得一併帶回原本的年代細細品嘗吧。」

第一話　決意剝除

黑暗空間發出沉重的嗡鳴。

混濁又扭曲的空氣某處，白色微光撕裂出張牙舞爪的縫口，將刺眼的光明與流動的風傳遞到絕望深淵裡，彷彿絕無僅有的唯一救贖。

「褚！」

我看著站在彼端像是世界對立面的半精靈，渾身美好的光芒抵禦著變形時空的侵蝕，他伸出的手懸在半空，急迫想要將我們從這塊即將腐朽之地帶出。

如同即將斷裂的蜘蛛絲。

魂鷹在略後一點的距離低空盤旋，空間通道不斷向內擠壓，讓牠發出連串緊張的催促聲。

「站起來。」半精靈試圖接近我，重複剛才的話。

這時我才發現原來他不是不想靠近，而是我們中間橫亙一條黑色的阻隔帶，至黑純粹的力量編織成鎖，將這個黑色空間與外界隔離。按對方的能耐其實可以破開這些妨礙，但我們所在的位置是時空扭曲處，動手恐怕得付出極大代價。

也就是說，如果我不想出去，他們沒辦法強行把我從這裡弄走。

似乎是感覺到我的想法，那條黑色阻隔帶變得寬闊黏稠許多，像是有自我意識般，緩緩朝白色裂縫逼近，試圖吞噬外來的侵入者。

「褚冥漾！」半精靈並沒有後退，反而往前走，堅定且執著地朝我伸出手。「不要逃避現實，這個世界上沒有完美無瑕的生命，每個人都曾做錯許多事，你有我也有，我們搞砸的事情夠多了，重點在於你敢不敢對你的選擇負責，並擁有承擔一切的勇氣！」

我沒有。

我並不想擁有這種勇氣。

不論是身邊的人走，還是未來必須目送他們走。

通通沒有。

或許我眞的該像妖師先祖說的一樣，把這個位置讓給其他人。

抱著頭，我想把自己藏進黑暗的最深處，不再接觸那些疼痛的傷疤。

「……褚，看著我。」半精靈踩上濃稠的黑暗，在上面留下霧化散開的白色光粉，他微微垂下目光，淡聲地說：「你所做的一切不是沒有成果，畢竟很多人都因為你，所以在這裡。」

……

……

「雖然我不清楚命運如何銜接，又將往哪前進，但我們都明白，很多事情如果不是你，可能至今都無法辦到。」

……

……

「至少，一開始我是真的把你當成智障在看，鬼知道後來你會走到這裡。」

……

這就過分了吧。

雖然我知道他有很長一段時間都覺得我是智障，但不用第N次強調啊。

奇怪安慰人心的模式莫名萬年不變。

白皙的手掌到達我面前。

我抬起頭，看見半精靈發光的身軀，以及後面憤怒的黑暗力量扭曲叫囂。

「空間通道穩定不了太久。」半精靈在我面前彎身蹲下，維持著張開手掌的姿勢，紅色的眼睛與我對視。「交給我。」

雖然沒有明說，但我知道他在指什麼。

顫顫地，我將裹在手掌裡的藍色光點連同包覆在外的白色力量交給對方，脆弱的小光點幾乎潰散，非常勉強地被那些絲線強扯成一團，痛苦地苟延殘喘。

半精靈接過小光點，小心翼翼地按進胸口，大量微光從他身上炸散出來，一度引起黑色空間震動，數秒後趨於穩定。

蹲在我面前的人微皺起眉，片刻後緩緩吁了口氣，一小段時間沒發出聲音，隨後才朝我再度伸出手。「走吧。」

我看著他，有瞬間感覺對方其實很陌生，不論是那張臉，還是環繞周身的光芒，他渾身都給我一種說不出的異常感……但並沒有威脅。

眞的要說，大概就是一種恍若隔世的生疏，好像太久沒見面，一時之間看哪都不太對，但又確定是我曾極爲熟悉的人。

還有，他不應該待在這裡。

抓住對方的手腕，我慢慢站起身，然後拉著對方重新踏過那片純黑色、實體化的力量，濺起陣陣沉重的漣漪，原本想纏上來的黏稠物體遲疑地轉了兩圈，波浪狀往旁退開。

「我……」

可能太久沒說話了，喉嚨有點乾澀，眼睛與頭斷斷續續地抽痛。

「我後悔了……」

「這個世界……」

「弱者是原罪……」

不管有沒有背負傳承，不管有沒有肩負責任，不管有沒有各種偉大又委屈的理由，弱就是罪。因爲任何比你強的人，永遠都可以控制、威脅、奪走、迫害，一而再、再而三……讓你失去所有，再也不可能重回……

「如果沒有枷鎖……」

如果沒有屈服於種種一切的規則而選擇效忠族長、削減力量……

「如果不是因爲更多在乎……」

如果不是因爲身邊的人而擁有更多在乎又擔心的事物……

如果不是因爲在乎，就不會即使剩下靈魂，也要將那個人綁在身邊……

最後因爲太弱，造成無法挽救的後果……

我拖著明顯想要掙開的人走到白色裂縫前，緊緊抓住對方的手，然後對他說：「我受夠白色種族的規則，和那堆嘰嘰歪歪的正義守護……」

屁個承擔的勇氣。

屁個走下去的勇敢。

屁個原諒自己、原諒別人。

所有的一切，都僅僅源自於我們不夠強，守不住我們那條拒絕一切指揮的道路。

不論幾萬年前，或是幾萬年後。

八大種族，平起平坐，從來沒有誰比誰更高貴。

徜徉在古老年代的妖師大族長來過、證明過，他們曾高昂頭顱遊走整個世界，無人能阻。

將半精靈甩出黑暗空間的同時，我召來黑色力量補起裂縫，重新讓一切歸於黑暗。

現在，這裡是「規則外」的切割時空。

我緩緩轉頭，看見在彼端等待我的人形，那張沒有五官的面孔上慢慢地咧出鐵紅色的彎月笑容。

歡迎加入黑暗世界……我的妖師……

「那個王八蛋……」

我抬起左手，發現原本撕裂的重傷消失了，身上其他比較細小的傷勢亦同，原本蜷縮在黑暗裡，一度覺得乾脆這樣失血再見的可能性被一併帶走。

遲早弄掉他轉移傷勢的技能。

幽深黑暗組成的人形從我身邊盪過，動作悠哉地牽引了一陣時空扭曲，從那裡隱約可以聽見告密者的哀號。

它們試圖侵入這塊異常切割的時間，然而被異界的入侵者吞噬。

即使只是一塊生命核，依然可以將本界各種存在當作零食。

原先被封印的小小物件與古代本體共鳴之後甦醒了，一縷來自悠遠時代的紅色細絲攀附在封印上頭，一點一滴開始吃食封印住它的咒文，滲出的絲微力量組成詭異人形繞著我移動，臉上張開的血色裂口深處出現黑色的眼珠。

所以你知道了嗎，生命死不足惜……

你應該選擇我們……

我會引領你得到無上的黑暗力量……

「閉嘴，看看你身上的伴手禮。」

我摀住疼痛的眼睛。可惡，還是想哭，想一輩子住在這裡，假裝從來沒有遇過可怕的事情，永遠沉浸在我是一個普通人的夢裡多好。

人形終於發現它生命核上除了血色的紅絲之外，還有一條更細的暗金色閃電痕。

妖師先祖並不是毫無防備就要我解開封印，從最開始他幫我處理左手、鎮壓這玩意時，就設下了許多防護，雖然我也是直到最後一刻才發現。

金色閃電爆出一個符文大圈，像張漁網裹住整顆生命核，開始反吸溢出的黑色力量，過濾似地重新釋出更為純粹的黑暗，黏膩人形遭射出的符文繩五花大綁，直接被夯到一邊的黑暗擬形牆上。

人形發出詭異的尖叫聲，震動空間。

我單手按著額頭向前，感覺理智快被這個讓人火氣直升的聲音磨光，另手一把拽住那顆腦袋用力撕下來，狠狠塞進金色漁網球。

終於知道為什麼其他人喜歡扭頭了，暴力扯下來真的很紓壓，而且還會變安靜。

離開古代戰場被送回時空軌道後，我可以感覺米納斯與魔龍逐漸甦醒，但我並不想他們醒來，自己消沉到連一點聲音都不想聽，也不想聽任何人的勸慰，所以再次將他們封鎖、強制進入沉睡。

說到底，必須感謝我那缺德祖先送的戰場鍛鍊。

接連不斷的戰鬥，還遇到不少其他同樣圍殺魔物的作戰者，交換的戰鬥心得與術法可不在少數。

掛在擬形牆上的黑色人形不斷抽搐，重新擬態成擁有長長觸鬚的病毒球模樣，不知道是它自己的愛好，還是想節能，總之比原先的人形小了很多，轉過來又是一顆充滿血絲的嘴中紅眼珠。

你選擇黑暗……

就不用和那些東西為伍……

我們才是一體……

「你知道黑暗並不等同於邪惡嗎？」

我摀著還在抽痛的腦袋，頭皮不斷跳動的痛楚模糊了視線，也帶來一種奇異又清醒的刺激，似乎有「另一個我」正在不斷從身體裡叫囂鑽出。「我是黑暗，你是邪惡，你老母才和你一體。」

很多白色種族制定的「常識」：黑暗與邪惡同行。

然而這世上大多邪惡並不產於黑色，看看那些滿布世界的白色種族，那些彩色外皮下包裹的比黑暗更加漆黑的心肝。

發動戰爭與侵略的各族首領。

屠殺異族擴張領域的各個種族。

吞吃其他物種強大自我的生命體。

爲了資源、爲了民族、爲了存活、爲了人民、爲了正義……

然後自詡萬物之靈。

黑暗從來並無與邪惡同行，光之下也會產生邪惡。

邪惡才與邪惡同行。

於是這些邪惡說服自己一切都是爲了大義。

所謂的眞相，是贏家撰寫歷史，贏家編列對他們有利的任何一切，然後覆蓋所有血腥殘暴與邪惡，將眞相塑造成純潔高貴的白色模樣。

白色種族是「益」或「善」嗎？

或許對某些極爲乾淨單純的白色種族來說，是的。

但大多數，只是一塊勝利者的遮羞布。

我知道我現在的思考已經異常偏激，既黑暗又扭曲，所有惡劣的想法一擁而上，剪去原本束縛在身上的那些善意守護與鎖鏈，擠壓我曾擁有的仁慈、道德和友善。

我從來沒有一刻這麼厭煩自己身上的白色血液。

爲什麼我們要以別人憐憫的混血來遮蔽原本應該有的驕傲？

爲什麼我們必須在意那些毫不相干的外族？

這個世界之所以存在，僅僅是我在意「他們」，而不是我在意更多無所謂的「他們」。

其實，我只要把我在意的圈在一起，不就好了嗎？

來吧……

與我們共存……

這是你們、一直欠虧我們……

黑色空間再度傳來波動。

一絲詭異的氣息慢慢從地上轉出小漩渦，這點東西應該是剛才趁空間被撕裂時混進來的，然而有白色力量干預，所以它只能送進來一點點。

不過這一點，也足以產生讓人更爲煩躁的影像。

拔地而起的是個穿著黑色斗篷的矮小人影，面目蒙著一層黑紗。「他」對著病毒球微微彎下腰，做了一個怪異的邪教手勢，接著緩慢轉過身，沒有五官的面部朝向我。

這是個被投擲進來的留言，黑暗空間應該已經切斷對方的連結，所以我當場把對方人道銷毀都不會被靠夭。

「我侍奉於我主……」矮小的人影發出無法判斷男女的沙啞聲音，身影接連出現幾次頻率不穩的波動，「若您與我主聯手……我將侍奉於您……」

……

看來是個捕捉到病毒球氣息，緊急衝來的下屬。

對方的力量感遮得太嚴密，不知道是什麼種類的東西。

人影晃蕩著爆出連串座標，細小力量凝聚的影像逐漸消散，開始碎開的身軀層層疊疊落下一大堆漆黑陣法，看來是準備將我們迎接到某個位置。

病毒球這次不吭聲了，雖然沒有臉，卻隱約可以感覺它正在期待我接受這個邀約。

你可以改變一切……

改變所有……

只要你需要的……都在你手上……

我抛出一顆水晶，收了地上的黑陣法，順帶抹掉附帶座標與殘餘的所屬標誌。

現在並不需要無關人士的攪局。

彷彿看透我心底深處在想什麼，病毒球發出咳嗽般的詭異笑聲，並沒有對我拒絕座標邀約的事感到生氣。

你想做……

就幫你……

無論如何……我會幫助你……

遲早……

病毒球吐出一塊形狀噁心的符文，掉落在虛空地面，瞬間展開成一張我從未見過的文字陣法，怪異奇特的文字既不像精靈文、妖師文，也不像我所知的其他古代文字，線條紋路隱隱含著某種異時空的力量感，並散出幽暗死寂的血色光點。

來吧……

你知道該如何做……

這是刻在你們最深處的血脈記憶……

我猛地回過身，連同暗金色鎖鏈一把抓住病毒球，把這玩意塞進漁網裡。

似乎也在等待最後一點病毒球收入，暗金色漁網轉了幾圈之後凶殘地向內收縮，把裡頭還想掙扎逃出的東西用力擠壓幾次，最後變成不到十公分大小的黑金色立方體，接著繼續壓榨透析出純淨無主的黑色能量。

我閉上眼，待整個空間的黑暗濃度達到最高點時，啓動術法的核心，本來不算大的空間瞬間向外擴展開來，隱約可以聽見遠處傳來某種震盪聲響。

如同這該死的東西所說，沿著詭異的異界力量遊走在符文之間，陣法被啓動的同時，我無師自通，竟然知道這張陣法的用途。

或者應該說，在某段歷史或血脈記憶中，一直潛藏著這些等我們後輩使用。

「現在開始，剝除白色血脈。」

※

「雖然是爲了存活，但混的血液也過於雜亂。」

「在揀選白色血脈時不挑的嗎？連直接與黑色血脈衝突、剋制的血脈都混入，嫌不夠弱？逃得連種族特性都丟了？」

「當時做下這個決定的那代首領，有機會應該要狠狠地往他腦袋捶幾拳。」

「你們認爲，妖師一族立身於這個世界，憑靠的是什麼？」

「白色種族的賞賜嗎？」

「搞清楚，需要黑色種族的，從來不是我們自己。」

「逃命太久，忘卻吾族眞正該有的面貌了吧？」

「別笑死人了。」

記憶的彼端，金眸的男人用指腹擦去小喪屍髮尾沾黏的小點血塊，嘴角始終噙著一貫似嘲諷又似無意的淺淺弧度。

「對了，雖說混的血大多過於廢物，但你身上倒有一股很有意思……」

病毒球提供的咒陣效果如何我還無從檢驗。

只知道當我踏入大陣中心、伸出手開始連結時，全身血液瞬間逆流沸騰，皮肉鼓脹起來，幾乎要從骨頭上被剝離。

劇痛霎時突破容忍上限，我直接眼前一黑，癱倒在陣法上，但大陣並沒有因爲在這秒幾乎搞死我而停下，反倒更加快速「滾沸」。

除了痛到爆炸以外，另一個感想就是要掐爆那顆完全沒有預警提示的病毒球。

「褚冥……你他媽……」

魔龍暴怒的聲音斷續傳來，趁我意識渙散、周身術法崩解之際，被壓制的存在奮力想要撤掉我對他們的封控，試圖接管我的身體。

喔，我挪用了一點祖先留在手上的封印術法，可能在我徹底掛掉之前魔龍還出不來。

不知道這個動作會不會眞的把我搞死。

……

……

嗯……

死了就算了吧。

我趴在地上，模糊的視線看見手指漸漸糜爛，血與肉爛成一團，骨頭都露出來了。

堆在一起的黑紅色血水、肉泥旁，繞出帶著白色的液體。

不知道爲什麼，此時此刻我竟然覺得心裡好受多了。

「他」在面臨死亡時，是不是也這麼痛？

一而再、再而三的……

有股突兀到詭異的冰涼氣息出現在我身後，因爲全身半廢了，連翻過身看看發生什麼事都無法，也不知道是不是錯覺，劇痛好像減緩了許多，失去控制開始扭曲暴走的陣法也逐漸穩定下來，亂飛的線條和符文一個個被馴化似地回到它們該待的位置，乖巧規律地轉動運行。

一隻冰涼的手掌往我後腦搧了一巴掌。

躲都躲不掉。

「白痴。」

伴隨一聲嘆息。

……

……

後面的事我就不知道了。

※

等我再度醒來時，已經不在切割時空裡，更不是黑色空間。

墊在身下的是一片冰綠色極淡彩草地，呼吸的是濕潤清淨的冷涼空氣，睜眼所見是晴朗無比的藍色天空。

昏迷前的劇痛什麼的早全都消失，身上那些傷也蒸發得一乾二淨，沒想到還會再醒過來的我躺在謎樣的草地上腦袋空白好幾秒，一時之間對周圍的情境與狀況反應不過來。

因爲在黑暗待太久，突然出現的安靜平和給我非常嚴重的割裂感，無法適應。

又過了一小段時間，我才被動地撐起身體，無意識將目光投往四周的同時，反射性注意到周邊不太對勁的地方——空間波動異常，不是我所知道守世界或原世界，不曉得是感覺變靈敏還怎樣，清楚知道這裡的力量感不是我所知的任何一處，連草地蘊含的都不是熟悉的綠色力量，而是一種很難形容的怪異感。

魔龍與米納斯重新在我身內沉睡，魔龍還好，米納斯貯存的白色力量莫名被全數耗盡；我原本以為如果運氣好，有個兩分鐘迴光返照，會第一時間被魔龍罵個狗血淋頭，結果沒有，我死前要將他們強制剝離並送出時空亂流的最終手段也沒有被啟動。

四周很安靜。

我抬起手，突然又發現不對勁的地方……手上有一堆黑毛。

應該說，我身上一堆黑毛。

用力一抓，腦袋跟著偏了下，頭皮瞬間扯痛。

……

這世界設定的標準是力量爆發頭髮就會跟著爆發是吧？

為什麼跟著爆發的不能是智商？

總之，現在跟著我重新活過來的還有一頭好像蓄了二十年的超長黑髮，並且可疑地部分髮尾還打結。

腦袋思考速度延遲好幾分鐘，緩慢湧上不想知道自己變成什麼鬼模樣的想法。

雖然感覺身體包括腦部都很鈍，不過本能地還是繼續張望四周，整片草地完全沒有其他景物，更別說可以看倒影的地方，一眼望去，全都是身下這種好像褪色的可疑草皮。

我捲著一堆長毛坐在草地上，腦子又開始渙散，進入新的空白時間。

巨大的哀傷過後又是連串癲狂、爆炸疼痛，突然不曉得自己該做什麼，如果沒有人來找我，我大概會這樣一直坐在這裡不想動彈。

或者說，這一小段時間我希望就這樣不會被打擾，直到變成顆零知覺的石頭。

但這份空白寧靜並沒有維持很久，一絲很淡的黑色氣味從遠處飄來，伴隨著空間通道開啓的波動。

「……哈維恩？」

我下意識發出三個字。

黑色存在停在我後方約幾步遠的距離，沒有出聲打擾我，所以我也繼續坐在原地發呆。

又過了一段時間，我才遲鈍地想起還有必須要做的事，於是慢吞吞地回過頭，果然看見站立在後方的夜妖精，那張萬年面癱黑臉抿著嘴，可能一開始想說點什麼，但最後選擇什麼都不說，一如往常很貼心。

「我吸收了魔神生命核裡的黑色力量。」翻轉出右手，手心上出現了金色漁網與裡面的病毒球。和先前不同，現在這兩樣東西已縮得非常小，大約只剩半顆乒乓球的大小，病毒球呈現半死不活的狀態，只留下運轉生存機能的微弱動靜，整顆核被金色漁網榨乾後重新封印了起來，可說相當衰小。

喔，也不能說衰，畢竟這份力量是魔神主動贈送，否則把乾淨的黑暗壓榨出來讓我吸收，不會這麼順利，它還超貼心地買一送一，加贈好幾個扭轉血脈的陣術，巨大的黑色力量灌進來時，順便衝破了當初效忠白陵然設下的束縛鎖與咒語，提純我從凡斯那邊得來的先天之力與傳承血脈。

我可以感覺到身體裡灌滿澎湃流動的黑暗血液與棲伏的巨大力量，遠比起我最開始繼承的強大了不只一、二十倍，站在身後的夜妖精我都可以隱約看透他能耐的感覺。

夜妖精約莫也感受到這種外溢的壓倒性的恐怖力量，所以才沒有打擾我，他很可能現在正在評估我會不會對妖師一族，甚至世界帶來危害。

「你做了選擇。」

過了好半晌，夜妖精終於開口，語氣不太意外，相當沉靜穩定。

「嗯，因爲就在手邊，不拿白不拿。」突然就覺得以前怎麼那麼蠢呢，好幾次與強大的力量擦身而過，有的還是自己放手拒絕，不過最後這次拿了一波最大的就是。我淡淡笑了下，微微偏頭看著夜妖精，「現在輪到你選了，我，或者白陵然？」

哈維恩從最初始到現在，一直與妖師本家有定時聯繫這點我是知道的，他會將我的行蹤呈報給白陵然，在外面那些意外和大小副本更別說，大大小小都有告知對方。與其說他在照顧我，不如說他是因爲虔誠效忠白陵然與妖師一族才照顧我，如果哪天我和妖師一族分道揚鑣，或者造成危害，他向我動手，我一點都不會意外。

當然，他在這裡繼續選擇白陵然也無可厚非，這是妖師一族麾下種族的服從天性。

我只是很好奇，所以惡劣地提出問題。

就跟那種白目問出你媽和你老婆落水你會先救哪個的人一樣。

滿滿的惡意狂冒不停，非常想爲難湊過來的夜妖精。

哈維恩微微皺了眉，用相當想揍我的目光掃過來。

我彎起唇角，挑釁地笑回去。

大概是對於接下來的動作有點不太爽，夜妖精暗暗嘖了聲，才單膝在我面前跪下，單手抵在胸膛，做出夜妖精一族絕對臣服的姿態。「我在此立誓，永不反叛。」

從這一刻開始，獨立於沉默森林之外的夜妖精，脫離白陵然掌控。

※

從夜妖精口中，我得知自己整整消失了兩個月。

原本的轉移術法經過扭曲、各種修改與變形，還承載一堆攻擊互鬥，最後在穿梭時空那瞬爆炸，如果當時我還困在裡面，有很大機率會被炸爛成一坨血泥，本片下秒完結。

所有人都在尋找帶著魔神生命核失蹤的我，大多是怕我捲款逃逸，只有小部分人眞的擔心我人生結束。最快發現異狀的是流越，接著感應到詭異波動而來的重柳族，順著時空震盪的殘餘路線一查——我被捲進不明異時空裡，下落不明，有可能跑到過去、未來，也可能直接飛到其他平行宇宙，上演一場那些日子的我和我還有很多我，本來還想繼續追殺的各個勢力當場偃旗息鼓，就地解散。

接著全世界開始滿地尋找我可能掉出的位置，兩個月內大概就是檯面上、檯面下都處於「那個可惡妖師拿著東西躲到哪裡去」的氛圍。

由此看來，過去世界與現今的時間流速不同，我之所以會失蹤那麼久，主要原因應該是在時空的切割空間裡待了一段時間。

這兩個月發生不少事情，例如鳳凰族的成年祭典，祭典上出現一些事故與邪惡集團襲擊，老樣子，大多有驚無險擺平了，畢竟鳳凰族是大族，加上祭典邀請的古老種族較多，光高階精靈就一大批，所謂襲擊，根本沒有影響到什麼，頂多是邪惡方討皮痛。

然後是孤島的進駐，孤島被以公會爲首的聯盟勢力重新開啓後，陸續修復了眾多外圍術法圖與各種連結，目前已收復了整片海域與沿海地區，大型守護陣在羽族與精靈等各族高階術師合作下重新建立，多數如幻獸等殘留的魂體也都被妥善安置，只待魂靈修復安撫完，便能送進安息之地，整體呈現較爲樂觀的進攻趨勢。

「有幾人原本預計或應該參與，但申請了延期，至今一直沒有進入瑟菲雅格島的種族聯盟隊伍。」夜妖精知道我先前很在意收復孤島的進程，所以挑揀了重要的事項說，又講了我身邊友人的狀況：「冰炎殿下、夏碎、末闕與西瑞。」

我頓了下，想起先前在黑暗裂縫外看見的景象，輕易就能猜到他們是爲什麼延遲進入，不得不說有點蠢，最意外的是大哥竟然也沒進去。

「原先配合聯盟的羅耶伊亞家族，由九瀾與二小姐代表新首領啓動殺手家族的隊伍，九瀾同時也承擔公會醫療班相應的任務。」夜妖精補充道：「因你帶走的禁忌之物引動過多勢力，新首領申請延遲的原因是他能應付大部分邪惡，甚至拖延異靈這類存在的行動，所以他以個人名義暫時改轉搜索你與『禁忌物』的下落，在這期間排除掉許多地下組織的追緝。」

不得不說，眞想要一個這樣的大哥。

我猜我現在很可能除了被掛在黑暗同盟那些北七的獵殺榜外，白色種族這邊大概也被重新掛人頭了，尤其是那些全身過激的獵殺隊，恐怕未來他們得知我反吸收生命核的噩耗後，會整個抓狂來屠掉我。

大哥之所以介入這件事，十之八九是在用他的名義和身分幫我擋暗殺的那些買凶殺人單。

「妖師一族由白陵然族長有條件帶隊進入，而褚冥玥搜索你的下落。」

這個應該是來搥爆我的。

「我最後一次與妖師族長聯繫是在前天，當時他已知道我們透過重柳族鎖定你歸來的軌跡，所以預計將褚冥玥召回。」哈維恩說：「如果沒意外，她應該正前往孤島，與九瀾相同，因擁有公會袍級的身分，她也負有一部分相應的公會任務，多半是針對周邊袍級、聯合種族們，行使公會監察權。」

倒是與她原本「巡司」的工作差不多。

稍微對外面狀況有點心理準備後，我開口：「……學長和二十七做了什麼事？」

沒看錯的話，當時通道外確實是魂鷹，我也不覺得光靠學長一人可以撕開時空裂縫，雖然我懷疑再過幾年他搞不好辦得到。

「……」哈維恩停頓了半晌，似乎有點猶豫，接下來要說的話大概會對我造成打擊，所以他帶了點憂慮神色。「前兩日二十七判斷出你的位置，聯繫我們切開時空裂縫，讓魂鷹帶路將我們引入最靠近你的地方，似乎因此違反重柳族某些規定；再加上意外原因重複撕開通道兩次，進而影響關閉通道的速度，他爲了阻擋追兵及抹掉我們介入時空的痕跡，沒時間抹除自己的足印，被重柳族的人循線押走了。」

我低下頭，爲什麼重複開兩次通道的原因我知道，但沒想到會影響到二十七逃走，來不及遮掩行蹤而被擒。

夜妖精停了幾秒，繼續說道：「現在這個地方是時空亂流裡的一個時間碎片，是早已粉碎的異世界殘留區塊，魂鷹身上有座標，是二十七私藏的位置，暫時沒有人能找到這裡。」

看來就是這些時間種族拿來當保險箱藏東西的祕密基地之一。

「冰炎殿下的話……」

我跟在夜妖精身後移動腳步。

大概是因爲這個空間只是個小碎片，草原的盡頭什麼也沒有，僅僅一個往下的斷層，隱約可看出依舊是一片褪色的冰綠草原，從上面向下看，隔了一層模糊的白霧，跳下通過時好像穿過某種薄膜，傳來異物感與啵的一聲。

落地還沒向前走，先映入眼中的是一連串銀色陣法圈，一個交疊一個，正向或逆向，或快或慢，極具規律地運轉，這些不是異世界殘留物，上面的符文都是我所知的精靈文字。

這些符文透出的能量與元素用途大多是守護或延續生命一類，然而因不在原本世界，沒有大地與自然環境支撐，使術法運行弱上許多。

「我們在這裡雖然無法被外界搜尋，但也無法補充物資。」哈維恩經過我身邊，走在前方帶路，邊走邊抬起手，一些術法陣順應他的動作往左右兩側移開，顯露出可供兩人通行的道路。「維持陣法全靠水晶、寶器貯存的能量，和這塊異界碎片能調動的稀有物質。」

前方出現一棵術法組成的白樹，棲息在上面的魂鷹對我們發出一聲鳴叫，聲音不如先前響亮，相當沒精神，連羽毛都失去漂亮的光澤。

我看著白樹，與魂鷹連接的位置流淌著魂鷹提供的些許能量，經由白樹導入陣法裡，持續向法陣核心運送。

哈維恩再度推開幾個擋在前方的術法陣，最後露出中央的主陣法。

一身狼狽的學長飄浮在陣法中心，整個人無意識地仰躺在半空，身體沒被服飾遮掩的可見處全是傷口，不只手腳身軀，連那張漂亮的臉都有大大小小裂開的長短破口。銀白色血液與光點，以及零散的符文四散環繞，整個主陣法與協助陣法似乎是在維持他的這些血液與生命不要繼續崩毀。

這幅畫面其實相當令人怵目驚心，卻又有種詭異破碎的美感。

……

……

遲早要搞掉他那個要命的轉移技能。

夜妖精沒有開口對方的傷勢是怎麼來的，我倆心知肚明。

明明都把人趕出去了，他還硬要回來把自己搞成這樣，到底要有幾條命才可以還他啊我說，就只是個半精靈，又不是九命怪貓。

張了張口，我心臟有點痛。

他其實，大可以第一時間去外界求援，獲得救治。

但有被時間種族循隙追蹤的可能性。

所以他選擇抹除這個可能，即使只有零點零一的機率，非常任性，與過往一樣。

「可以從這裡出去嗎。」我捏了捏拳頭，魔神生命核現在被妖師先祖封印住，短時間不會有太大問題，應該可以埋在這裡，到時候再讓流越去煩惱後續，沒猜錯的話，這很可能也是二十七爲我們準備碎片空間的本意。

「隨時都可以。」哈維恩朝外面指了下，「離開時間亂流的座標與術法在魂鷹身上。」

「可以改定位嗎？」看學長的傷勢，大概要第一時間投放到醫療班或是精靈族，我認爲二十七在有各種勢力壓迫的前提下，初始設定的座標極有可能不是這兩處容易被堵的位置——即使我掉出來時很可能有機率受傷。他多半準備的是其他可處理輕傷及做緩衝準備的區域，應該沒想到會是現在這種危及生命的重傷，而且還不是我中槍……好吧，最初是我。

「無法，但原始定位是在沉默森林，我們可以從那裡直接轉移到醫療班。」哈維恩報出的座標點讓我有點意外。

我是眞的沒想到他們會定位在沉默森林，也沒想到二十七竟然同意使用黑色種族的居住地當座標點，是這段時間頭撞到嗎？

大概看出我的疑惑，夜妖精說：「我們從公會醫療班出發，但切割時空時會引起時間種族注意，所以二十七需要一個其他人不會立即追蹤到的位置作爲整備處與回程接駁點。」

哈維恩與學長兩人一起行動的話，確實大多人會想到的是學長身後那些可提供庇護的其他強大勢力，反而容易忽略小小的沉默森林，畢竟夜妖精除了哈維恩，平日並沒有其他人與我同行，跟在我身邊表面上看起來是他個人的行爲，這也是每次我們砸場子後較少人會去沉默森林找麻煩的緣故。

但他們忘記一點，沉默森林會庇護妖師，除此之外，那裡有水火妖魔的通道。

我們進入沉默森林後，第一時間轉入水火妖魔的禁地，其他勢力照樣追不上來，就算追上來也會被水火妖魔或魔使者打成豬頭。

可惜現在必須將學長送去醫療班，無法尋求水火妖魔的短暫庇護。

「那就到沉默森林後轉醫療班。」

花了點時間與夜妖精找了個風水寶地埋好魔神生命核並加固，我們重回到大陣法中心。

抬起手，我釋出一絲黑色力量透進陣法幾處關鍵位置，撬開這些陣法，接住由上緩緩落下的學長，接著捲起陣法主要的部分覆蓋到他身上，繼續維持其該有的存活功能。「走。」

哈維恩招來魂鷹，在我們前方打開一個淡金色的奇怪六角形法陣。

下一站，沉默森林。

第二話　失去動力

轉移的瞬間，我可以感覺到手裡的人生命力又減弱了不少。

蒼白脆弱到隨便一人都可以當場把他捏死。

我的手指有點蠢蠢欲動，想掐看看。

究竟是他過度信任我會振作起來將他帶回去，還是他真覺得自己命硬不會死？

靠在我肩頭的這張原本堪稱完美的臉，破破爛爛的到處都是傷口，有幾處幾乎可以見骨，透過這些可以看出我在剝除血脈時差不多奈何橋都走一半了——我的承受力沒這傢伙好，超渡得更快。

不知道第幾次覺得這人濫用的轉移技能該拔掉，我無聲嘆口氣。

直接奪他腦袋可以造成半精靈部分失憶嗎？如果忘掉見鬼的不良技能最好了。

沉默森林依舊安靜，短短幾秒的中轉並沒有引動其他夜妖精的反應，可能他們早先就被通知這裡會設置座標，所以完全沒有人來查看異狀，簡稱集體無視。

接著，醫療班。

「你的戾氣很重，整個人改變很多。」

轉移前，哈維恩突然開口說了這段話：「在碎時空時，我有瞬間以為認錯人。」

那又如何。

我現在不在意多餘的看法。

況且在古代戰場待那麼久，不管誰都會改變的吧。

周圍景色模糊更換。

「而且你學會控制黑色力量了。」

夜妖精剛說完這句話，我們面前出現醫療班總部的大廳。

原先正匆促忙碌的藍袍們不約而同煞住腳步，一秒定格，大眼小眼錯愕地看著平空冒出的我們，其中有兩、三名藍袍先前在治療時我見過好幾次，但現在他們的目光全都帶著陌生與警戒，彷彿在看第一次見面的侵入者。

不過醫療班的視線很快就轉到我手上昏迷的學長，先不管我是不是陌生人，眨眼就好幾個靠得近的醫療班不畏危險撲過來，連串藥品推床術法治療瞬間環繞周圍。

與此同時，附近倏然出現好幾股白色力量，來勢洶洶、不分由說地闖進醫療班，片刻就把我們團團包圍，不善的氣息瀰漫整個大廳。

「不要擋路！」藍袍們對於這些阻礙動線的健康闖入者非常不滿。

幾個白色種族惡狠狠地盯著哈維恩，中途掃了我兩眼。

不知道是因爲我現在長毛蓋臉有迷惑性還怎樣，他們竟然略過去了。

「褚冥漾呢？」爲首的男性開口。

夜妖精鳥都沒鳥他們。

「你們沒有聽見嗎？」我懶洋洋地環顧一圈路障，大概七、八人，種族不一，大多是各種混合屬性的妖精族，不曉得是不是主要負責監視，他們單體實力竟沒有戰場上的高階魔物強，但周身纏著滿滿輔助術法。「不要擋路。」

「你——」

沒等對方說完，我召出黑暗，一圈圈逆轉成型的恐怖氣息瞬間壓下，將這些人壓得往地上一趴，細密的烏黑絲線從渦形力量裡伸出，嵌進他們身上的各種附加術法，如同卡死齒輪的作業，幾人身上的守護有三分之一立時停止運作。

妖精們同時意識到這件事，紛紛臉色大變。

這個方法還是我在古戰場上狗急跳牆被逼出來的，結合一些黑王、流越、學長等人和學校教的東西，幾次實驗之後相當有效果，當然應用過程有喜有悲，幾次沒卡好，產生大爆炸，差點整個人都飛了，幸好小喪屍眼明手快瞬間隔出第二層結界，各種意義上挽救破碎人生。

「別在醫療班裡打架！」一邊轉移病床，藍袍們還不忘兇兇對我喊了兩句，極爲敬業。

「喔好。」我抬起手指，黑暗絲線捲成條麻繩，刷地一甩，將這些人直接往大廳門口方向拍飛出去，一個個砸進外面顏色正常的草皮裡。

沿著這群人飛出去的軌跡，我踏出大門，手掌在空氣中一握，取出一柄戰場上順手撿進儲存空間的斷刀往左一格擋，劈過來的長刀發出不太悅耳的聲響。

這個比較強，應該是收到消息趕來的攻擊主力或武士之一。

哈維恩則擋住另一側的襲擊者。

其實不用擋，我本來打算用黑暗把那邊的傢伙擼到牆上。

撞開用刀的傢伙，在更多白色存在包圍過來前，我將人控在地上，斷刀插在他脖子旁邊，照慣例來一套針對白色種族的卡護符洗禮，同時腳下轉出巨大黑金色陣法，連同草地上那群智障包裹在內。

「不要以爲在醫療班門口你們不會有事。」我微微偏著頭，掌心按著刀柄，勾起唇，看見更多白色種族閃現在陣法外圍，這些白色種族對陣陣波動的黑色力量與陣法傳出的恐怖威脅露出忌憚的神色。「現在開始，陣法裡面的人都別想離開，如果醫療班裡那隻半精靈治療不順利或是發生什麼意外，他痛哪裡，我就往你們身上捅哪裡。」

如果不是這些混帳咄咄相逼，學長他們根本不須使用時空碎片與那條逃往沉默森林的路，更不用拖著一身嚴重的傷勢還害怕被人追上……而且不是第一次，一直一直，都是如此，明明我們沒有做錯什麼，卻逃得比誰都狼狽。

哈維恩抓著另個襲擊者的後頸，把人拖進這個黑色大陣法，可能有點強迫症的夜妖精順手將那些被恐怖氣息壓在地上的人一一拽到固定位置，頭尾整齊排成一列，過程比較粗暴，不是拉手就是扯腳。

我倒是不太擔心陣法短時間內被破——這是個古代陣，小鎮裡最後那段時間向別人學來的。當時已經快走到盡頭了，幾乎沒什麼人藏私，有多少教多少。其中也有強制關押獵物的術法，以求讓大家得到短暫時間喘息，因此構成模式相當機車，教我的人說這是他獨家私改的黑暗版本，已知大家都在草地鎮裡去向快樂天堂，基本上失去流通管道，想必現代世界的白色種族要破除有點難度。

「你想與世界作對嗎？」剛抵達的帶隊者見沒法立刻解開，扭頭怒氣沖沖地瞪視我，恨不得把我大卸八塊。

「錯了，我只和你們作對，此時此刻，就在這個地方，別拿世界道德綁架，畢竟黑色種族沒有道德，沒當場送你們去見祖先都該偷笑了。」握住斷刀刀柄，我微打斜零點一公分，恰恰好抵在腳邊傢伙的脖子皮膚，壓出一條輕微凹陷。「誰讓我不爽，我就讓誰不爽。」來啊，大家一起爆炸。

看著外面那群人就覺得好笑，他們連踏進一步陣法都不敢。

接著，外頭再度出現傳送陣，比這些人還要強大的力量感湧現。

喔呵，這個該不該說是死對頭呢。

重柳族的獵殺隊成員出現在白色陣法上，帶頭的就是先前對我惡意非常重的高大男子。

男人皺眉看著草皮上的大陣法與那些困在裡面的人，目光略過夜妖精，最後放到我身上——

「你是誰？」

踏入這世界後，我知道很多種族在判斷是不是某個人時不盡然全靠長相，他們大多時候憑靠的是對方的力量、血脈，或者我搞不懂的靈魂特徵。

因此大部分人嘖你醜不一定是針對臉，很可能是某些辨識部分出了讓他們覺得眼睛痛的問題……當然有的單純就是膚淺吃臉，例如我。

不過在重柳族開口當下，我還是下意識思考了自己現在的外表到底變動多少，難道除了頭髮長長以外，還被整形嗎？接著才想到可能是因爲我的血脈和力量都大幅異動，因此造成他們識別上出問題。

所以說，人有時候還眞的不能不看臉。

話說回來，長髮眞的有夠麻煩，才走動幾步，打結的地方越來越多，到底其他長毛的人都是怎麼維持整腦袋的柔順光滑外加天使光環？

他們不認識我，但認識哈維恩，重柳族見我沉默，轉向後方已幾度在反派和混亂中立立場反覆蹦跳的夜妖精，視線掃到他肩上的魂鷹時，又是狠狠一個皺眉：「黑色種族又想做出什麼危害世界的行動？」

「干你屁事。」哈維恩回對方四個字。

重柳族怒氣條多了一格。

「不用客氣，世界毀滅有你們白色種族一份。」我身邊湧起黑霧，旋繞的黑霧將那些礙事的長毛捲起來削掉，很快又還給我一頭清爽的短髮。「先不提白色種族自己就會毀滅世界，通常世界兵器被啓用，八成機率應該都是此世界被搞壞，然後才進入毀滅世界階段，歷史輪迴還需要我教你嗎？」

想想，妖師一族應天命啓用世界兵器顛覆黑白的契機是什麼，就是世界沒救了，沒救的世界是誰管理，顯然在白色時間就是是白色種族，那毀滅世界當然他們也佔一半，還好意思一天到晚在靠夭別人要毀滅世界。

馬的如果我是世界我就直接自爆，把身上這群嘰嘰歪歪的蟲子全彈射外太空。

一群智障。

「……妖師？」重柳族嚴肅地打量我，可能沒想到會蹦出一個力量足以比肩妖師族長的潛藏妖師，他的臉色非常難看。「沒想到妖師一族還隱藏了後手。」

不好意思，他們並沒有隱藏，白陵然大概還沒想到我穿越時空給他來一發大的，等他從孤島出關後就有得腦痛。

我轉頭看向哈維恩，指指我腦袋後方的短髮，夜妖精比了個剪刀的手勢又搖搖頭，表示得修……算了，我就知道現切切不好，希望沒有把自己剪成妹妹頭。

懶得與外面那圈無聊人交流，我抬手一掀，大量黑霧從陣法湧出，剎那間隔絕雙方視線。

「很快就好了。」哈維恩掏出剪刀，明顯會意錯誤，以爲我不想頂著一頭雜草和人談判。

我是不想，但也沒到這麼不想。

不過人家工具都拿出來了，我只好乖乖在醫療班門口台階坐好，接受三分鐘快剪。

「順便借個鏡子。」

本來只是隨口說說，沒想到夜妖精還眞的有帶。

接過鏡子一照，這次連我都有點吃驚，雖然五官大致維持原本模樣，但某些部分出現變化，竟隱約有點凡斯的影子，最大的異變是眼睛的顏色變成暗金色，不像祖先是淡金的，而是比較頹喪晦暗的沉金，看了會跟著衰三年那種。

難怪剛剛一堆人用陌生的表情看著我，連我本人都快不認得自己了。

除此之外，再次遇到哈維恩之後我也覺得視線角度好像有變，「長高了？」

「高兩公分。」夜妖精很精準地回答我的疑問。

比學長越來越高了，四捨五入算一百八，下次找機會跟他貼個背，可憐吶，青少年時期漫長的精靈們。

夜妖精快剪準時完成，鏡裡一看有模有樣，凸顯輪廓與那雙眼睛後，從野人風變得更像反派了。我拍拍帥氣有型的髮型重新站起身，沒興趣和外面的人多費口舌，雙手一張，黑暗覆蓋正面出入口，接著轉身走回醫療班大廳，裡面有幾名袍級非常警戒地看著我們，藍袍們則是繼續進行各自的工作，就算外頭打得天昏地暗，都不影響他們救治傷者。

「漾？」

我側過頭，看見西瑞從傳送陣法裡跳出來，準確無誤把我指認出來，不知道該說是眞愛還是奇怪的技能。總之某殺手挑眉：「……？看來大爺的僕人小宇宙爆發了。」

不知道爲什麼，連這種幹話都覺得有點久遠懷念。

從西瑞身後走出來的是大哥，一身黑色大衣的霸總帶著氣場和上海灘ＢＧＭ，與滿大廳緊張的袍級們格格不入。他微點頭示意袍級們這邊沒有危險，可以散開，一群公會的人才放鬆戒備，有點狐疑地卸掉針對我的包圍。

「夏碎稍晚到。」大哥看到我換了樣子沒什麼表情變化，好像整個容很正常似地說：「他去重柳族交涉……來這邊。」

我們尾隨大哥往醫療班裡走，大哥不知何時借了像會議室的空間，有著長桌的寬敞室內沒有其他人，等所有人進入後他在門上甩出幾個陣法，劈里啪啦黏成一串隔離與防護的結界。

待一切完畢後，整路表情有點陰晴不定的西瑞才重新打量我，最後只說：「你還好吧？」難得的正色，帶著少見的擔憂，沒有追問我遇到哪些事。

雖然我很想一如往常地笑笑表示還好，但其實我非常不好。

從黑色空間離開後，我極度、極度地，好不起來。

看見的所有人事物好像都隔了一層膜，我好像是那個被包覆更多膜的人，行動全是按照原本該有的反應，心底依舊整片空白。

有個聲音一直在告訴我：全部都不重要了。

但什麼不重要了？

我也不知道。

我就是覺得……與所有一切都格格不入。

情感或感知大概出了什麼問題。

有點麻煩。

「沒關係，大爺也常常希望世界爆炸。」西瑞歪歪腦袋，說道：「想幹啥就幹啥，本大爺罩你。」

認真地說，恐怕現在西瑞……也不一定罩得了我。

我可以看出他的實力深淺，確實非常強悍，但已經不到能威脅我的程度，真的要拚全力我恐怕可以一戰。

現場，或許只有大哥可以對我造成絕對阻礙。

「現在的你還贏不了我。」大哥迎上我的目光，似乎看透我扭曲的思想，語氣淡漠地說：「你贏不了在場所有人，消極迷惘可以，想打架也可以，隨時歡迎。」

我拉出一張椅子坐下，略搖了下頭，「不想打架。」只是不知道可以做什麼，或許還是出去找那些白色種族出氣？

黑色力量被我一點不剩地收進身體裡，一小部分餵給沉睡中的魔龍，米納斯則是使用哈維恩重新交給我的水系水晶。

可能眞的是兄弟，大哥與西瑞同樣沒有追問我或學長發生的事，甚至沒有越過我詢問哈維恩。三人分別在其他位子落坐，才由大哥繼續開口：「不知道做什麼，就先跟著我們走。」

我沒有點頭也沒有搖頭。

其實現在要去哪裡我也有種無所謂或茫然的感覺。

對大哥他們還是有基本信任，他們接下來的安排必定也是對我比較好的選擇，但我就是不太想跟著去。

我似乎，對這個世界失去一部分動力了。

所有的事情，原本就都是不公平。

不管怎麼掙扎，不管是好人還是壞人，最終都會留不住，會受傷死亡，會被陷害、會被厭棄，毫無道理，僅僅就是，不公平。

一旦眞正徹底意識到這份無力，整個世界好像失去了八成色彩。

得到了巨大力量後，我可以不甩門口那些想把我抽筋拔骨的白色種族，但我也對接下來要做什麼缺乏興趣。

再怎麼做，最後還是要送走他們，不是嗎？

就像重柳。

就像我祖先，還有很多人。

他們並不會因爲我努力或哭泣而留下來。

我垂著腦袋，興致缺缺。

眼前有小小的黑影晃動，好像是我心臟缺了一道口子之後留給我的幻覺。

「……沒關係，不用在意。」大哥沒有強迫我跟著他們的計畫，動作優雅地以指尖在桌面點兩下，「西瑞跟著你嗎？」

「不。」我搖頭，並不想有更多人跟著。

西瑞似乎想說點什麼，最後沒開口。

這大概是他這輩子僅有幾次的貼心之一。

會議室陷入一片沉默之際，外頭傳來讓人不太滿意的聲響，是大哥封門的術法被人衝撞發出的噪音。

畢竟移動術法氾濫，我本就不覺得堵大門可以擋住那些煩人的傢伙，但沒想到可以煩到這種地步，恐怕他們裡面有人後知後覺猜到我是誰了，我面孔原本的模樣終究還在，又不是徹底換張臉，疊圖一下還是很好認。

……但也不排除他們繼續認為我是妖師的其他直系就是。

親戚長得像什麼的很正常，嘖。

大哥倒沒有真的視若無睹，把人完全堵死在外頭，不過也沒讓他們進來搞事，西瑞走過去打開門，直接橫擋在唯一入口，微微挑眉釋出強烈的壓迫感，與白色獵殺隊的人相衝。

一時之間，門內外兩股不相上下的氣勢對撞，發出詭異的轟轟聲響，連地面都不斷跟著震動，就差沒有經典的打雷閃電噴氣冒煙。

原本想說重柳族那邊很多老妖怪，西瑞可能會略吃虧，沒想到他不輸給對方，反而露出極為挑釁的笑，一身新版的「恁刀火燒厝」襯衫讓嘲諷buff拉高幾分，彷彿巴不得立刻就地開打：

「哈，想進來嗎？大爺偏偏不讓你們進。」

獵殺隊的人可能還真的想把堵在門口的傢伙給劈掉，刀都快出鞘了。

坐在原位的大哥依舊維持可怕的總裁氣勢，連異靈都會中槍的本源恫嚇，源源不斷針對想要砍他弟的獵殺隊釋出，後方幾個狗腿仔稍變臉色，帶頭的隊長意識到眼下狀況不適合開打，一陣較勁試探後，以獵殺隊先收手作為結束。

「褚冥漾。」這次終於搞清楚我是誰，獵殺隊帶隊人準確無誤地指向我，高高在上的語氣萬年不變。「你將封印物帶去何處？」

果然是來追討生命核的下落。

可以告訴他們已經吸成皮，埋在破碎時空當肥料嗎。

等等，那塊草皮應該不會真的把乾掉的生命核當肥料吧？

我突然有點不太確定。

「那是你的東西嗎？」我懶洋洋地癱在椅子上，身邊黑霧翻滾，變成一團團露出尖牙的黑色小雪人。「我好像沒義務向你報告。」

「你要背棄與妖師族長的承諾嗎？」重柳族瞇起眸，危險的目光帶來幾乎實質的尖銳殺意。

「這就是我和族長的事情了，你姓白陵嗎，管那麼多，不知道的還以為你內心其實對黑色種族有愛難開口，一天到晚追在我們後面不放，簡直跟蹤狂。」我轉動手腕，又轉出柄斷刀把玩……這東西在戰場上太多了，之前撿了一大堆。當時在戰場資源不豐，常常武器打到報廢，只好看到勉強可用的就先儲存，否則打怪消耗量有夠大。

「封印物由羽族大祭司處理。」大哥冷漠地坐在位子上開口，西瑞依舊焊在門口，任由對方怎麼瞪都沒有讓路，整個反派走狗一樣地任由他哥在後頭放話。「不要踰矩。」

「哈～公會和一堆狗屁種族都已經簽署同意，以流越爲首帶高階術師們處置封印物後續，你們這些路邊阿公阿伯是出場費太多還是呷霸太閒？」西瑞斜靠在門邊，用爪子朝其他人勾了勾，似乎對於沒打起來有點不滿，繼續不死心地說：「來來，本大爺幫你們鬆鬆筋骨，一個不夠兩個來湊，醫療班現場幫你開通ＶＩＰ，躺好躺滿不用謝。」

站在我後面的哈維恩更是直接抽出彎刀，一臉不服就戰。

對了，怎麼沒看見西穆德？

後知後覺少了個血靈。

就在想起這號人物時，門外再度傳來陣法波動，接著傳來有些意外的聲音：「嗯？這麼多訪客嗎？」

稍遲來到大會現場的夏碎學長與身後的西穆德，看著堵在外頭的獵殺隊，帶著營業用微笑通過西瑞的關卡，兩人順利進到會議室。

一段時間沒見，夏碎學長身上的力量感變得強盛不少，我隱隱看見一絲銀白色的流光在他身邊繞轉，不時還轉出一點類似雪花結晶的咒文圖案，大概是某種守護咒，眨眼流光沉入他身上消失。

獵殺隊不明原因地顯得有所顧忌，可能是因爲大哥的石化警告沒有鬆懈，也可能是因爲外頭路過、散發不滿的醫療班越來越多，在各種白眼、碎碎唸與怨氣加乘覆蓋下，最終這些無法在醫療班總部動手的人只能瞪我幾眼，要求釋放戶外那些被黑陣法圈禁的人質，才不甘不願地暫時抽腳離開。

我沒有打算製造麻煩，撤掉外頭七成黑色術法，將剩下的部分拗成黑色的鳥籠造型，在庭院裡繼續關著干擾學長送醫的那些人。理由就是既然敢在危急時搞事，那他們就必須付出代價，等到學長治療完，他們才可以離開。

自問我已經夠好心了，還給他們弄個很潮的暗黑鳥籠形狀，而不是回收桶或垃圾車，否則按照我的不爽程度，搞個馬桶把他們沖進去都在合理範圍。

我方訴求被許多藍袍認可，然後用干擾救治的理由去轟炸還想罵人的獵殺隊，居然還真的沒有人繼續要求放掉那些小白目了。

可能他們不想哪天在野外受傷遇到醫療班，被記恨又團結的藍袍蹲到剩一口氣才慢吞吞治療吧。

夏碎學長晚到是因爲去找重柳族協商，當時我的軌跡被追蹤到後，二十七無法帶太多人，所以他並沒有和學長一起進時空走道，事後針對二十七幫助學長開闢道路而被追責等連串後續進行交涉，簡稱收拾爛攤子。

「其實保守派的人並不覺得有什麼問題。」夏碎學長帶回重柳族那邊的反饋。「引導迷失在時空裡的人，原本也是時族的任務一環，雖然重柳族是偏戰鬥的衍生種族，但依舊有這份世界責任。」

但二十七落在激進派手裡。

激進派的人認爲影響空間的黑色力量造成動盪，本來就必須抹消。剛剛那些來找麻煩的獵殺隊其實有部分便是因這理由想來砍我。因此，二十七做出開闢通道送人進來協助我，以及逃過時間懲罰的舉動，在他們眼裡無疑是種罪。

雙方皆有立場，各執一詞。

保守派認爲我只是在時空亂流裡迷失，加上當時情緒崩潰，完全可以諒解，沒對時間與歷史軌跡造成什麼大影響，離開就好。

激進派認爲我在裡面待太久，還用黑暗切割時空，種種手段對整個世界產生極大威脅，應該進行抹殺。

如果今天二十七先被保守派發現，他們大概會幫助對方穩定通道，把人安全送走；偏偏他是被激進派發現，所以直接被押回去處置。

「雙方僵持不下，暫時只可以確認二十七很安全，激進派雖然仇視黑色種族與相關的一切，但保守派依舊在制衡他們，短期內不會讓他們對二十七動手；加上二十七身分比較特殊，或許過一段時間就會被放離了。」夏碎學長對此行做出結論。

……

……

幸好有確認安全呢。

不然我眞想殺去重柳族一次看看。

「接下來你打算去哪裡呢？」

夏碎學長到來前似乎就知道我不打算與大哥他們同行，溫和地詢問。

「……暫時還不知道，晚點看看。」可以確定的是會在這邊等學長後續的治療狀況，畢竟他會受重傷是因爲替我承擔剝除血脈的負面影響。即使我再怎麼想要逃開很多事，還是做不到漠視周邊這些人。

「這樣啊。」夏碎學長對我的回答不怎麼意外，依然帶著體貼的一貫笑容，「我們這邊，雖然冰炎出了狀況導致部分計畫有所變動，但其他人仍舊按預定啓程出發至孤島。重新開島後，島內與界外的邪惡勢力有很大機率會聯合起來，必須盡快復原島內幾個重要守護，至少要到達可以將盤踞的魔族等重新封印在原地的程度。當然，若是能夠擊殺會更好，公會聯盟最終目標就是清剿一切，恢復島嶼該有的模樣。」

其實收復孤島的行動原本是打算循序漸進的，並沒有像現在這樣一鼓作氣投入大批種族高手，會有這個變動是在兩個月前、我失蹤後，他們意外發現孤島海域附近出現複數潛藏的異靈與黑暗同盟，他們似乎對孤島產生了某種興趣。

生命核搶奪一事與各種族不斷遭到入侵的現況，孤島計畫負責組意識到不對勁，認爲島裡面很有可能有某些吸引這些傢伙的物質，因此重新布置資源，加快第一步驟，爭取在最短時間重新打開孤島大陣，接著關閉對外通道與座標點，加速展開島內圍殺，避免邪惡勢力循隙闖進孤島。

簡單說，就是他們準備關門炸魚。

按照我們先前幾人的力量都可以炸島，實力爆強的公會種族聯盟應該沒太大問題。

「這是公會海上座標，現在通道全關，僅留一個唯一管道可入。」夏碎學長取出一顆水晶給我，「如果你想去的話，其他人會在那邊等你。」

我默默收起內含移動陣法的水晶，小聲地向夏碎學長道謝。

哈維恩與西穆德站在會議室另一端說悄悄話，不知道講些什麼，側身站在陰影處的血靈隱約地往我這邊看了兩眼。

可能是我也不打算帶上他的事被夜妖精告知了，好像可以感覺到血靈些許地不太滿意，難得散發稀薄的負面情緒。

「我與西瑞目前會留在這邊。」夏碎學長說道：「若不介意，你要不要先去做些檢查？」

應該是擔心我從時空裡面出來的身體狀況。

雖然我現在不對的是精神狀況。

不過剝除白色血脈確實也該檢查看看，即使我覺得被學長一攪局後，十之八九我這邊是完全沒事。

大致確認大家接下來要前往的方向，大哥颯爽起身，拍拍大衣，相當乾脆地說：「先走了。」

「等等。」我連忙跟過去，看了眼西穆德，「孤島的話……」

雖然我不想帶血靈，但希望他可以去孤島，那邊現在應該極缺人手，更可以收集大量戰場血腥與黑色力量，而且妖師首領加入聯軍便代表有黑色種族的席次，眞的碰上事情不致於孤立無援。

西穆德與哈維恩走過來，前者對我行了個禮，一如往常看透我的想法，體貼地逕自開口道：「我會前往孤島戰場，儘可能收集戰場力量，爲血靈一族做更多準備。」

大哥點點頭，與血靈一起離開。

夏碎學長和西瑞湊在一起似乎說了些什麼，隨後進來一位醫療班，是我認識的人，帶著我和哈維恩去進行檢查。

接下來的流程就比較枯燥了。

兩次檢查確定我眞的沒事、只是徹頭徹尾血脈提純後，醫療班面色複雜地開了一些穩定血脈和情緒的藥給我，並囑咐我這段期間心情波動也許會比較大，要盡量讓自己平常心，多欣賞美景與人世間的美好之類的，還很熱心地介紹醫療班總部裡最好的心理諮詢專家給我，彷彿很憂慮下秒我會想不開。

通常一個手握力量的黑色種族想不開的後果會比較扭曲。

幸好我目前扭曲的對象是我自己。

頂著醫療班的千交代、萬交代，我敷衍地點頭表示會去體驗高級心靈雞湯，轉頭走去大廳門口繞了兩圈，確定那些渾蛋還在鳥籠裡，不過陣法一部分已被破壞，看起來是獵殺隊不死心進行幾次強攻，想想我又補強了下，最後收獲一堆陣法裡那些傢伙的瞪視後，又逛回醫療班。

就這樣渾渾噩噩地混了將近十個小時，醫療班裡才有人招呼我們過去。

重症治療室的門口，先到的夏碎學長向我們招招手，可能是基於公會登記搭檔身分的因素，一旁盡責的藍袍正在跟夏碎學長詳細說明處理狀況，並詢問若有突發問題，身為搭檔的夏碎學長希望優先什麼了。

先前因為銀滴，受益三人身體的狀況在完全吸收後幾乎恢復至全盛時期。

然而學長將我身上剝除血脈爆發的各種負面傷害，以及黑暗能量變異等副作用一滴不漏地轉移到自己身上，以至於這個人健康不到半年，又迎來一次巨大的毀滅性打擊；幸好他自己設置的精靈陣法啓用即時，否則大概又要回去當植物人了。

「……」感覺拳頭癢。

「你們該不會還有銀滴吧？」醫療班帶著三分期待、一分僥倖地如此開口：「因為是在混亂時空裡受傷的，除了原先的傷勢，有一些時空創傷較為棘手，如果有銀滴，便可利用那東西做更好地修補，大大減少後遺症的可能性。」

「沒有呢。」夏碎學長回以淡淡的笑容。

「那只能休養一段時日了，精靈與炎狼那邊送來許多珍貴的藥物，雖然需要的時間久了點，還是可以慢慢治癒，小心不要再做出這種事情就好。」醫療班看起來有點失望，依舊認眞地再次囑咐：「這次孤島聯軍，千萬別讓他參加，雖然損失高強的助力很可惜，不過並沒有非他不可，公會這邊會將任務轉移給其他資深黑袍遞補。」

夏碎學長對我做了個手勢，示意我可以先進去探視，他則是繼續與醫療班詢問各種注意事項。

西瑞對探病沒什麼興趣，跟著哈維恩一起待在外面。

踏入病房後，我的第一感想是很冷。

乾淨無瑕的白色病房中瀰漫著濃郁的冰系氣息，隱隱在腳底處漫起一層很薄的霜霧，隨著我提起步伐，這些冷霧繞著漩渦緩緩轉向兩側。

地面上有從碎界帶回的那個生命陣法，已被醫療班的高手們更改過，約莫還有精靈們的指導，現在又再次擴大，添加大量更爲繁複的咒文，極爲盡職地守護著核心生命的延續。

那個擅自轉移傷勢的白痴東西躺在病床上，全身蒼白到活像褪色般，原本的紅色髮絲全都不見，僅剩半透明的冷白，幾道未癒的外顯傷疤上凝結細緻的薄冰，是本源力量外溢的表現。

剛剛的醫療班說明過溫度寒冷的原因，雖然燄之谷生命力很強，但精靈在淨化、自癒方面更加全面，再者學長的精靈血脈佔比較大，幾個重要考量後，他們採取對策是先封閉炎狼血脈、加強精靈血脈，配合醫療班一連串程序，待危險期過後再重新解開炎狼的血脈。

因此治療初期，房內散逸出來的會全是傾向冰牙精靈的能量。

我本來以為這人應該處於某種嬌弱昏迷的狀態，沒想到靠近床邊時，一雙很冷的銀色眼睛倏地張開，無言地盯著我，顯然還沒考慮好要先怒噴我還是懷柔開導。

「不痛？」每次都這樣很好玩嗎？

「……閉嘴吧。」看起來很痛的半精靈孱弱地吐出三個字，還算有點罵人的精神。

用腳把旁邊的椅子勾過來坐下，我仔細端詳這個慘兮兮的傢伙，有那麼一瞬間他外形與他父輩們重疊，就是那雙眼睛依然凶惡十足，極不像那些超脫世外、溫文儒雅的精靈們。

學長兀自緩了一會兒後才抬起右手，翻轉過來的掌心上凝結一顆約莫棒球大小的光球，周邊悠悠轉著銀光符文，球裡有一些混亂的白色氣息。

「你個白痴……腦子都不用就……剔除血脈……」頓了頓，聲音又虛弱下去的半精靈堅持不懈地繼續開口：「……算你好運……」

「但你運氣不好。」我的好運是來自於眼前這人來得及時，然後頂替我身受重傷，否則我現在已經在時空裡變成一灘不明物體，就如同他以前每次做的那樣。「不過就只是一個月的代導人，你當初接下這個工作眞的是虧大了。」像我，直接把萊恩他弟放生，人家現在也混得很好。

「……拿著。」大概也覺得自己有夠倒楣，懶得和我探討這話題的半精靈想將手上的光球遞給我。

我看著光球，感應著裡面極爲熟悉並親切的波動，無法想像這人究竟是怎麼在那種混亂時空裡，一邊協助我提純黑色血脈，一邊幫我完整剝下白色血脈、貯存起來，最後將所有傷勢都打包帶走。

沒錯，光球裡就是我那些被粗魯又匆促拔掉的白色血脈。

「我沒有打算融合回去。」看著光球，我搖搖頭，當時接受魔神蠱惑就已經做好準備，另一方面是基於我個人意願不想回收。「至少現在……完全不想。」

「……」學長沒精力與我爭執，懶懶瞪了我一眼後，反手收掉光球。

我們面對面，不知道他是不是進入蓄力狀態，總之我們無聲地大眼瞪小眼十多秒。

「……去……白楊鎮……」過了一會兒，學長閉上眼睛，斷斷續續地說：「……你帶回來的術法裡……指向那地方……你該去做一個結束……」

「好。」我下意識摸摸左手，突然有了一點點分享欲。「你知道白楊鎮有古戰場嗎？由一個黑色種族領首，對戰異界魔神的聯合古戰場……」

記憶裡曾經的小鎮有著各種活力，有經過那裡暫停歇腳的旅人，有遭受迫害、帶著族內僅存活口來求援的獸王族，有不得不附體他人屍身的小喪屍，還有原本只是路過、卻挺身而出打退魔將軍的黑色種族，還有很多很多……

我搜刮記憶中我們曾經歷過的一事一物，如同講述別人故事般，平淡地敘述著。

那些，都已經變成很久很久、很久以前。

成爲了我再一次的失去。

學長就這樣閉眼靜靜地聽著，偶爾會在我描述一些古陣法或術法有誤時，輕聲糾正。

直到我花了很多時間說完，半精靈才緩緩睜開清澈的眼睛看向我。

「……很多事情和人，大概歷史上都沒有。」我靠著椅背，感到蒼涼，明明都是見過的人，如此鮮活的生命，說沒有就沒有，永遠淹沒在塵世與歷史斷層中。

「但是你記得……」學長很輕地說：「那麼……你就是他們的歷史……」

我彎下腰，按著發酸的眼睛，笑了聲。

「是這樣嗎……」

……是這樣……的嗎？

第三話　微渺的希望

我離開病房時，其他人隨意各自站在門外不同位置。

「學長睡了。」我如此告知夏碎學長，後者原本手上有傳訊類術法，看見我推門出現便暫時停下動作。

夏碎學長點點頭，似乎預先得知我要離開，沒有追問去向，只是開口：「需要幫你準備點什麼嗎？」

我搖頭，思考片刻，輕聲回答：「如果有變動再聯繫我。」接著看向西瑞，琢磨著要怎麼告訴他留在醫療班，若發現某黑袍要逃院，直接打斷他腳云云，有點麻煩，感覺會遭反彈。

獸王族嘖了聲，擺擺爪子，倒沒有我設想的暴躁，而是「一臉不悅、但我大人大量」的反應：「大爺要伴手禮，好歹幫你在這顧人，不讓他逃院是吧。」

「謝了。」我拍了把西瑞的肩膀，微微彎起唇：「兄弟。」

「哼！」對於被放在醫療班還是很不滿，西瑞罵罵咧咧地扭頭。「要大爺很喜歡的伴手禮才可以！」

「好，我找一堆你會很喜歡的伴手禮。」

揮別夏碎學長與西瑞，我領著哈維恩回到大廳門口，把那群北七從鳥籠裡放掉，並在他們繼續試圖想找我麻煩時甩個兩鞭子，送他們二度滾回草坪。

哈維恩因多次去白楊鎮等周邊地帶搜索我的行蹤，所以身上有相關臨時座標點，這段時間公會也給他某些方便，讓他可以不用申請便能有限地使用公會開闢的傳送點。

「但使用報酬由冰炎殿下支付。」原本想用其他條件交易的夜妖精補充說明：「他說用袍級資源比較不會被一堆規條限制。」

懂，幫買了不少車票，買完後現在躺在病床上，標準人財兩失。

在醫療班補充好物資，更換上哈維恩準備的衣服，我們打開往白楊鎮的通道。

兩個月前，這裡因爲魔神生命核出土引來各種邪惡勢力聯手襲擊，兩個月後，那些搶奪者已然退去，現在只剩下公會的大結界，加強並覆蓋整片原白楊鎮舊址，避免裡頭又搞出什麼潛藏著的驚天動地的事物。

我踏上曾經的草地鎮原址外圍，這裡老早面目全非到徹底看不出曾有過打退異界魔神的偉大古戰場，與我記憶裡的小鎮一絲符合的地方都沒有。

原先爲了方便對應魔物架構的幾個小轉點也都被時間消磨殆盡，我無法依靠所知記錄核對以往那些點位，只能茫然地跟著哈維恩走，踏在這個前不久我和一群人打怪打到有點熟悉、現在卻陌生到奇異的土地。

歷經兩個月前的邪惡勢力轟炸，本就光禿的白楊鎮舊址如今變得更禿了，最初隱約尚可看見的一些遺跡殘渣完全不剩，四處都是激烈交戰後的焦黑痕跡與破碎陣法。公會留在這裡的探索部隊與巡邏隊重新建立各式各樣的術法陣，正緩緩淨化那些負面威脅。

「目前雖然不開放外人進入，但你們有袍級擔保，算是特例，探查過程中，請不要破壞我們的術法陣。」顧守大結界入口的警衛確認過我們兩個的身分，忍不住多看我兩眼，雖然露出有點困惑的神情，但沒八卦地盡責說明結界內各處較嚴重的污染區塊，最後替我們更新袍級們使用的探索地圖。

哈維恩還不清楚我在過往時空遇到的事，我與學長閒聊時，外面三人秉持著尊重，沒有偷聽我們的談話，於是一邊踏在荒蕪的土地上，我一邊向他簡單講述，但沒特別提小喪屍的事，僅交代幾個我遇到的重要節點。夜妖精聽得眉頭皺起，傳遞來的情緒大概相似於「竟然沒有在場協助」之類的懊悔感覺。

我散著步，並無聲地吸取空氣中的黑暗，不得不說一場大型破壞戰鬥後，這片土地產生超多毀滅性氣息，不斷從裡面散逸無主的黑暗能量，以前沒有這麼強烈的感覺，經歷過古代世界的拋棄式訓練，現在可以很清楚分辨並汲取它們，比以前在獄界鍛鍊時還要靈敏。

獄界雖然也是滿滿的黑色，但大部分充滿邪惡與混濁，加上我那時候沒有很缺補充，隨時隨地都可以拿水晶或符紙支撐，因此比較不敏銳。

魔物戰場上則沒有退路，時不時都在缺乏物資，沒有吸就會掛掉，因此得到更多的窮困體悟。

當然，也有血脈提純後的加乘，畢竟我現在對於白色力量沒有渴求，乾淨的黑暗能量更像舒服的氧。

突然可以體會哈維恩他們平時的感受了，難怪他每次去白色種族的地盤看起來都很不爽。簡稱空氣污染荼毒。

我們倆漫無目的地遊蕩一會兒，與三支巡邏隊、探索隊擦身而過，帶頭的紫袍或白袍甚至熟稔地與哈維恩打招呼，可見夜妖精這兩個月累積出多少神祕交情。

遇到第四支隊伍前，我的左手先出現動靜。

哈維恩眼明手快地在我們周圍布下數層隔離結界。

與此同時，一小圈黑金色符文繞著我的手腕轉開，而七、八步遠的地面上隱隱出現巴掌大的淡金色紋路。

幾步走到那處位置，蹲下身將手腕的符文抵到那抹淡色紋路。沒有猜想的土地震盪，被暴力碾過不曉得多少次的焦黑砂土無聲地往四周清開約二、三十公分的淺層，接著像是沙漏般，中心土石突地往下陷落，很快篩出一個又深又黑的空洞。

不知爲何想到眞實之口。

現在要伸手下去嗎？

我評估著空洞的大小，一條正常人的手臂下去應該可行，換成手臂肌有腦袋大的那種就會卡住。

蹲在一邊的夜妖精盯著我的手腕看，明顯在等我伸手下去觸發機關……看來這就是專門給我挖的洞了。

左看右看沒看出有什麼陰險的惡作劇，我還是把手伸進去。沒有想像中那麼深，應該說，手才剛放進去，立刻碰到正在上升的「東西」，剛好握住它的一部分，順勢將物品從空洞裡抽出來。

「東西」是纏滿封印布條的長條型物品，頗具重量，嚴謹的古代精靈文字極爲仔細工整地寫滿了布料所有空隙，密密麻麻封鎖整個物件，只隱隱在表層一小角留下一絲細微卻無法抹除

的鋒利氣息，很顯然是某種長形兵器……刀，或是劍嗎？

我看著拇指上被那抹鋒利割出的小血口，陷入沉思。這縷銳利在劃傷人之後轉瞬消散，同時那堆快引起人密集恐懼症的封印裡好像少去某種阻礙，至少對我來說，東西變得輕盈不少。

「別在這裡拆。」

哈維恩按住我的手，我對他比了一個ＯＫ的手勢，看到這玩意包了這麼多精靈封印，用腳底板想也知道有問題，按照本世界的設定，拆了十之八九是一級核彈。

我把疑似兵器的封印物交給夜妖精仔細收妥，稍後我們撤掉結界又在白楊鎮遺址範圍走了兩圈，確定沒有其他小機關後，向公會的隊伍再次打過招呼就準備離開。

「回醫療班？」哈維恩詢問。

「先不。」拿完東西，我那股濃濃的倦怠感又出現了，只想找個安靜的地方龜縮起來，眼前再度出現一小抹黑色幻影，不斷提醒我發生過的事。

夜妖精沒有勸說，思考半晌後提出意見：「沉默森林，或者原世界？」

是想回家，但不想把麻煩帶回家，雖然家裡沒人。

「原世界的山裡？」哈維恩又提了個比較安靜的位置。「富士山？」

為什麼要去自殺聖地？我看起來很想自殺嗎？而且為什麼要把麻煩丟去別人家啊喂！

「那裡有空間夾層，周邊形成了稍微扭曲的自然結界，短時間內不會被打擾。」夜妖精解釋選擇怪地方的原因，「原世界有不少類似這樣的位置，但不知道會通向哪裡，你住的區域也有，但我感覺你似乎不想回到家附近。」

「……下次吧。」雖然有點想去，但……這趟出來除了學長提及的白楊鎮外，他還要我去另一個地方。

我將座標點交給哈維恩，後者推算了位置點後微微挑眉。

「雪谷地？」

※

雪谷地，雪野家族的原始古老家族。

先前龍神之子一事鬧得沸沸揚揚，直至今日還在收拾善後，當時已退隱世界的雪谷地來了長老幫忙些事情，後來他們又從江湖中隱匿蹤跡，比精靈們還難見到。

據說那是一處生人勿入的禁地。

不過根據夏碎學長提供的後續消息，雪野家的某些人似乎極其希望雪谷地可以出面協助家族重整旗鼓，以及善後墮龍神帶來的連串影響，要求當然沒被同意，雪谷地的態度就是誰搞事誰自己收尾。

看著學長交給我們的座標，附近顯然沒有公會或熟悉的勢力可以借傳送點，也不曉得學長當年是怎麼殺進這種鬼地方，總之當我們到達最靠近的小傳送點時，一眼望去是無邊的白茫，到處都是雪，秒有種眼抽筋之感。

哈維恩又露出那種遇到空污的不悅臉。

雪谷地充滿超級清淨的能量，所謂的白，不是只有視覺上的白，這裡連空氣和各種氣息都是白，還有各式各樣細微的至高祝福環繞，我猜應該是那些大大小小的神祇遺留的紀念品，總之就是對黑色種族心臟比較不好的地方。

「這裡是外圍。」哈維恩比對了座標點與目前所在位置，給了個很不好的答案：「徒步走過去大概要耗個半日，沒有陷阱的話。」

……看起來就是超多陷阱，還會雪盲。

學長並沒有具體告訴我要取什麼，只給了這個座標，然後說反正我也在擺爛，別浪費時間去跑腿拿個很重要的東西回來。

既然是這種地方的座標，大概遇到個雪谷地的人就會知道了吧。

徒步走半日總比走擁有一堆魔獸的戰場好。

我揮出斷刀，刀鋒抵在右側突然撲出的黑影臉上，再多半步就可以直接削掉對方的鼻子。

走在前方打算偵查路線的哈維恩幾乎與我同步動作，不過他是將來者壓制在雪地上，還把對方的臉壓進雪裡面。

「……守衛？」

一起認出穿著白斗篷兩人身上的家族族徽後，我和哈維恩各自鬆開手，無聲無息靠近的兩名雪谷地衛兵立即退開五、六步，並列站到一起。

「我們是受人所託，想來取一件物品。」哈維恩回到我身邊，試探性地詢問：「請問雪谷地……」

兩人左右讓開身，指了個方向，右邊那人低聲說道：「恭候大駕，十里處。」

與哈維恩互看一眼，那兩名守衛並沒有打算和我們一起走，僅原地目送我們往所指方位邁步。

那方向其實偏離學長給的座標點，不過學長的座標點直指的可能是雪谷地家族所在區，對方看起來並不想被我們直攻住所打擾，把東西放到了另外的地方。

就在我們要全力趕往該處時，充滿白色氣息的冷風突然盪出很輕一層漣漪，事發點應該很遠，但動靜極大，才會連這裡都能感覺到波動。

散出的點點物質隱約附著極淡、腥臭的複雜氣味，嗅起來有絲像鬼族的腐朽，也有點魔獸的濃烈惡氣，但更多的是某種生物的死亡氣味，進一步說，就是某個生命沾染到不太友善的邪惡，然後帶著那些玩意自爆了。

沒錯，這股震盪餘波有爆碎的生命殘留，起碼有一個「生命」拖著充滿邪惡的敵人陪葬。

會清楚這感覺是因爲我在魔獸戰場見過類似的，當時也是很遠，本來想去現場，卻被小喪屍攔住，他將分析簡單說給我聽，後來從其他冒險團隊口中得知，那邊有個種族被大批魔獸圍攻，因爲某些因素沒有求援，便拉著眾多魔獸一起自爆，整片區域被炸出大大的窟窿。

小喪屍並沒有告訴我要怎麼自爆，不過那種撕裂生命的破碎漣漪我記得很清楚，就像現在傳來的這樣。

「守護獸。」剛剛開口的守衛擋住我們想要轉身的動作，非常冷靜地說：「雪谷地正被襲擊，已經有數日，神巫預見此爲必定，不須擔心，請兩位直往自己的目的地即可。」

看樣子不會讓我們去湊熱鬧。

不過既然是與神有關聯的地方，我相信他們處理這方面不會有太大問題。

「走。」我朝哈維恩比了原本要去的地方。

十里有點距離，不過雪谷地明顯沒有禁我們術法，所以完全可以使用輔助加速，大大減少移動困難。沒過多久，遠遠就看見純白的雪地上出現不同色彩……是朵很大的紅色蘑菇，意義不明，但在整片白色裡，非常明顯。

蘑菇下吊掛著一個籃球大小的盒子，盒身貼著紫色的符咒封條。又是個不能現場打開的東西。

學長告知的兩樣物品都算順利到手，沒花太多時間、也沒遇到艱難的阻礙，快得有點不可思議。

哈維恩收起盒子，我則是面往剛剛爆炸的方向，閉上眼睛捕捉從那邊再次陸續傳來的陰暗氣味。

在滿滿純淨的空氣裡非常好定位。

伸手搭住哈維恩的肩膀，剛收好東西的夜妖精愣了愣。

「都來了，去看看。」我沒多解釋，彈出移動術法，周遭白色風景霎時扭曲，接著再出現的是另一片白茫，但不是會讓人眼瞎的純白，而是布滿各種殘渣與骯髒污染的斑斑雪地。

雪地最外圍連接的是層層岩山，灰黑色交接處鋪滿大量魔獸碎片，守護獸拖著一堆東西自爆後，在這地方炸出了巨大的坑洞，還沒完全消散的劇毒黑煙裡有扭曲的時空裂縫與雪谷地被破壞的結界碎片。

看見我們兩個猛然出現在半空，四周的白斗篷守衛隱隱出現詫異，尤其是被我作為標點的守衛。

怎麼說呢……剛剛那兩個守衛大概是太放心我們了、有點鬆懈，我就往其中一個的斗篷角落貼上一點黑色力量充當臨時座標，大概幾小時就會消散，雪谷地應該不會因為這種事情就靠杯我吧。

鬆開哈維恩，我踏上空氣中設下的黑色陣法，冷眼看著坑洞裡的半隻高階妖魔，守護獸犧牲自爆雖然炸死了大批魔獸，但這種等級和智商比較高的傢伙明顯拿魔獸當肉盾，於是倖存下來，給對方點時間很快就可以將半個身體修復回去。

「兩位……」與我們對話過的守衛開口。

我抬起手，制止守衛問話。

到達事發地點後我才理解為什麼守護獸選擇自爆。

有神庇護的雪谷地，守護獸的等級想當然不可能太低，但祂對上的是帶有扭曲性質的黑暗毒素，即使極其細微，還是可以感覺到細碎的陰影氣味消散在雪地，守護獸拚著一死也要崩掉可能威脅到雪谷地的陰影碎片，就算再小，也不放過任何會傷害到族人的風險。

屬於妖師一族的黑暗從我腳下陣法旋出，颳掉剩下的陰影氣息，順帶把一應毒素掃蕩乾淨，之後雪谷地只要弄幾個陣法淨化殘餘的邪惡，就不會有影響。

地面上還想入侵雪谷地的魔獸群紛紛抬起亂七八糟的腦袋，以不自然的動作僵固、定格下來，極吵鬧的心語同時沉默。

「……妖師。」

面孔被炸得模糊的巨大妖魔從坑裡探出紫褐色巨掌。

「滾喔。」我與妖魔的血色眼珠對視，側聽到對方傳來的源源惡意及想要拉攏我毀滅雪谷地的欲望，對於這種智障又無聊的煽動，我連罵都懶得罵了，底下旁側環繞著巨坑的魔獸腦袋像是煙火般瞬間炸開好幾個。「我心情，非常、非常差。」

因爲心情太差，即將送他們詛咒大禮包了呢。

維持著原本姿勢，妖魔直直地盯著我看，感受到我釋出即將開始心咒的壓力時，半爛的巨大身軀和僅存的魔獸才緩緩往地面沉去。

待所有臭味被冷冽冰風吹散後，我慢慢回頭。

雪谷地的守衛與戰士已開始收拾衝突戰場並恢復被破壞的守山結界，剩下指引我們的那名守衛在原地等待。

「雪谷地感謝閣下協助。」沒有追究我對他們貼座標的行爲，守衛眞誠地道謝，但他還是當著我的面把座標撣掉了。

「雪谷地也給我們東西，只是回禮。」雖然不知道學長到底向雪谷地拿什麼，但他們特別準備好、等待我們，還刻意將我們導離戰場，這份誠意還是該要感激的。

守衛見狀也沒有多說什麼，再度行了個禮後就退下了。

哈維恩走過來。

「回去吧。」我看沒什麼事，朝對方點點頭。

※

這次出去的時間相當短，兩件物品比想像中還容易取得，可說輕鬆。

理所當然，沒有置辦禮物的行程。

所以西瑞沒拿到伴手禮，提早回來的我只能買很多炸雞桶給他，然後再給他一個哈維恩不知道買來幹什麼的地雷……對，眞的就是一顆地雷，鬼知道夜妖精爲什麼會在自己的儲物空間放整顆人造地雷，而不是地雷術法水晶。

「是贈品。」面不改色掏地雷的夜妖精如是說。

……所以你在人類世界買了啥鬼附贈一顆地雷？核彈嗎？

我在萎靡中萌生了想要翻夜妖精儲藏空間的好奇心。

該不會從百寶袋變成軍火庫了吧？

總之西瑞快樂地接受替代品，很可怕地說之後要去老大家放鞭炮……我決定當作什麼都沒聽見。

病房包廂前，夏碎學長也有點詫異我比預計還要快回來，基本上是一日遊，不過他沒說什麼，直接開門讓我們進去。

出門前學長還一臉菜色、昏昏沉沉，現在他的臉色沒先前那麼死白蕭索，像隨時要離世，但依舊維持精靈體，精神不太好的模樣。

「……比你想像的快嗎？」我拖過椅子在床邊坐下。

「你變強了不是，這速度是應該的。」學長輕輕合上原本在翻閱的書冊，懶洋洋地背靠到枕頭上，以理所當然的態度回答我的問題，接著又說：「哈維恩現在是哪邊？」他抬眼看向站在門邊的夜妖精。

「我的。」制止哈維恩想離開的動作，我說道：「與妖師一族無關。」說完，我抬手從夜妖精那接過這次得到的兩件物品，分別是白楊鎮遺址的長條封印物，以及雪谷地提供的盒子。退回門邊的哈維恩快速布下幾層結界隔開外頭。

學長先接過的是雪谷地那個盒子。

「雖然一開始沒想到會變成這麼糟的狀況……但幸好還可用。」撕開紫色封條，學長移開頂蓋，露出放在其中的一小塊碎片，與看不出用途的黑色瓶子。

小碎片與纏繞其上的力量感我很熟悉。

「鎮魂……碎片。」我愣愣地看著雪谷地給予的物品，突然有種時空又錯亂了的幻覺。

「還有神的贈予。」學長點了點黑瓶子，「雪谷地的傳承，只有歷代神巫有資格使用，雪谷地僅存的生命之水，據說可以修補靈魂力量，自古以來都被雪谷地嚴謹保存，唯一一次使用是在天地戰爭，也就是我們認知的魔神入侵中。」

「這些是……」下意識盯著那兩件珍貴物品，我依稀想起那片渾渾噩噩的黑暗裡，在光中朝我伸出的手。

那雙手，接過了非常微弱的靈魂殘片。

「精靈的世界任務啊……生命守護。」學長蒼白的手指點點自己的心臟處，冰一般半透的銀色眼眸直視我，「所以我說，你真是個白痴，我們依然有機會把他送回時間種族進行所謂的

『沉眠』，只要你給我振作起來。」

「咦？」哈維恩猛然看向學長，「你……」

我呆滯地看著學長的胸口。

「實話告訴你，我撕裂一部分精靈的壽命引動禁術，達成延續並暫時以精靈軀體作爲存放容器。你遇到的那位妖師先祖極爲強大，並且準確推測你周遭有高階精靈，以此預判設置許多保護殘魂的措施，才得以讓我非常成功地牽引禁術，爭取到這點機會。雪谷地看在夏碎的情分上贈予這兩樣物品塡補靈魂時間與傷害，雖然並不多……但這變相幫了我們一把，未來勢必會影響到他們避世的中立立場，因此雪谷地承擔了極大風險。」

緩緩吸了口氣，學長嚥下咳嗽聲，微瞇起眼簡單告知我雪谷地爲我們、尤其是爲我做的事，接著道：「我們還有這些被餽贈的微渺機會，唯一的問題是，你還有沒有跟著我們來，賭他會前往安息之地、回歸時間長流，或者永遠消散的勇氣？」

我還有賭一次的勇氣嗎？

黑暗中，撕開光之裂縫的人像那時候伸手對我發問。

還可以有跟著他們往前走，接受或送離他們的勇氣嗎？

「……撕裂壽命，你……」又是因爲想要滿足我的任性而先離開嗎？

「至少可以活得比任何一個妖師都還久，你死我還不一定死。」學長微彎唇角：「別小看精靈壽命的長度。」

我想，我還是沒有那些巨大的勇氣。

但我，卑鄙地想賭這一把。

我想握住微弱的希望，不是爲他，而是爲了自己。

那個狂傲的祖先當時肯定看穿我的卑劣本性，才會設下這些賭注，賭我身邊的人依舊會幫忙，賭我不要臉地繼續攀附他們的善意。

摀住又開始發熱的眼睛，我垂下頭。

「我們會等你。」

淡淡的聲音從旁側傳來，帶來的話與我在妖師先祖面前聽見的十分相似。「即使你又弱又白痴，還搞了一堆麻煩……我們會等你。」

「畢竟這個世界沒有完美的生物。」

「每個人都踏著愚蠢的步伐向前進。」

「你是，我也是。」

「無論如何，想後悔的話，你要先能有後、才有機會悔。」

「雖然，前進的路上，我們任何一人還是有很大機率搞砸一切。」

「但我會等你。」

「贏也好、輸也好，生也好、死也好，我會等你。」

「就和重柳選擇的一樣。」

「即使最後要下地獄，你也，給我硬著頭皮滾過來吧。」

※

我打開房門。

夏碎學長和西瑞站在走廊邊，靠著牆，一個在發呆，一個還是對著手上的小術法陣不曉得在揣摩什麼，兩人聽見聲響時，動作一致地看向我。

「聊好了？」夏碎學長微微一笑，率先走來。

「嗯。」我的視線移往對方肩上的魂鷹，突然明白爲什麼是他們留在這裡了。

現在不屬於雪野家，也脫離了藥師寺家族的替身法則，更不屬於雪谷地勢力的人類。

不再效忠妖師族長，而是憑著滿腔眞誠，只效忠我的夜妖精。

從頭到尾都不受家族控制，遊走在灰色地帶的獸王族殺手。

這個時間點，他們不像其他人背負種種任務，或身分地位高到足以代表任何一個勢力。病房內還有個據說不能參與任何事件、暫時被醫療班剝奪公會工作的重傷患半精靈。

「先前沒說，你現在變得很強呢。」夏碎學長摸摸魂鷹歪過去的腦袋，順手餵了對方一小塊零食，溫和地帶著笑意：「別的不說，有了強大力量後想揍誰就揍誰還是挺不錯的。」

「確實。」至少某些獵殺隊揍起來很過癮。

「改天和大爺一起回家，埋伏臭老大！」西瑞比了個拇指。

「這個先不要。」感覺大哥說的沒錯，我還打不過他，被揍著打的十之八九是我們倆。這不是黑色力量對抗的問題，是大哥實戰能力與本源太強，我就算繼承的東西也不弱，但經驗值還是天與地的差距。

可以掃掉某些愚蠢的獵殺隊是因為我們目前實力差距太大，才可以無視經驗碾人，換成重柳那幾個渾蛋東西，大概還很有得打——不用心言咒殺他們的話。

「對了，這或許你會用到。」夏碎學長取出兩柄帶鞘的黑色長刀，模樣不相同，一柄看起來較為粗獷，一柄中規中矩，應該屬不同部族鑄造。「這是以前我們出任務時，在黑色種族遺跡裡得到的兵器。」

我沒有拒絕，接過隱隱散發微弱陰冷氣息的長刀，指尖敲在其中一柄環繞戾氣的刀鞘身上，把那股針對生命的惡意敲散，黑刀才終於識相點，收回滿溢的不善。

從白楊鎮遺址帶回的封印物，學長看過封條後說不能在這邊解開，所以仍由哈維恩收起。

收妥雙刀後，我們約個月黑風高的時間點集合，接著我和哈維恩找個無人的病房──

放出米納斯與魔龍。

這段時間他們一直沒出來，古戰場時被異時空壓制，回來後被我壓制，現在突然出獄，兩人一左一右飄在空中，霎時雙方皆無言。

可能早點放出來還會被魔龍爆罵，但各種事情都成定局後，他也懶得罵了。

「你要知道，現在以你的屬性驅動她，效力會減弱很多。」魔龍嘖了聲，指著旁邊的米納斯：「她只能用本體力量支援你。」

「我很抱歉。」看著米納斯，她仍是溫柔地回望我，似乎並不介意我把白色血脈剝掉後與她在某程度上會相剋這件事。「所有的一切……我很抱歉。」

也是這樣看著她，我才從混亂裡緩緩回過神。

我還答應她要幫她找回身體，結果差點把自己埋葬在時空中。

「沒關係。」米納斯摸摸我的頭，包容地笑著：「沒關係，我陪著你。」

「差點又被你害死。」魔龍呸了聲，飄到一邊坐著，超級不爽：「臭小鬼，本尊活這麼久，這輩子吃最多的虧都在你身上。」

「但，你也得到不少了。」我偏過頭，漠然看著其實可以稱爲贏家的某傢伙：「古戰場與魔神生命核的力量。」正常宿主不可能提供這些給他吧，如果我沒有估算錯，生命核中我無法處理、渡給他的大股能量，恐怕已經足夠他架構出基本軀殼了。

「唔……」被這麼一提，魔龍在米納斯的死亡凝視下，有一點點心虛地轉開腦袋：「本尊就再幫你保駕護航一陣子，先說好，就一陣子，這女人本體找到的話……」

「我就放你回去你的本體。」我想想，這段合作也可以結束了，魔龍前後幫了我那麼多忙，雖然在一起冒險的時間有點出乎意料地短暫，但既然人家攢夠能量已可以修復軀體，我就沒有必要繼續壓榨他當僞兵器。

「喔？你居然不會捨不得？本尊還滿好用不是。」大概沒想到我這麼乾脆，魔龍有點意外地挑起眉。

以前可能眞的會捨不得這種主動型兵器，不過在戰場歷練時沒有倚靠他們也好好存活下來了，我比自己想像的還容易接受釋放兵器這件事。

當然，最主要是他們還「活著」。

「比起借用你們的力量，我更希望眞正見到你們。」無論是米納斯或很機車的魔龍，他們都保護我如此長一段間，從我什麼都不會的時候耐心陪伴至今，我不能在這點繼續拖他們後腿。「我現在很強，你們不用再擔心我無法自保，所以一旦到了那個時間，你們不要猶豫。」

「行！」魔龍朝我肩膀拍了一掌。

「嗯。」米納斯笑著頷首。

「未來，某一天，我們約在星空下。」

或許以後的立場不一定相同，魔龍和米納斯恢復本體後，可能都有各自的種族事務，魔龍搞不好哪天還會攻打這個白色世界，然後米納斯作爲白色種族也得回敬他。

但總有那麼一天，眞正的我們會再見的吧。

只要活著的話。

爲了這些，我願意再一次提起勇氣，追上他們。

——以我的方式。

第四話　二十日

淡金色的眼眸盈著笑意與我對上視線。

這是刻在你們最深處的血脈記憶……
但你還太弱，不足以立刻全盤接受……
唉，眞是讓人頭痛的愚蠢孩子……

一陣晃動，我反射性睜開眼睛。
「有不適嗎？」前方的哈維恩回頭詢問。
「還好……」打了幾秒鐘的瞌睡，窗外景象大同小異。
我看著黑茫茫的無盡天空呆滯了幾秒，想起來我們現在在什麼地方。
不知道第幾次從醫療班逃院，我一邊感慨這些袍級眞的不管如何都有辦法找到洞出逃，一邊體會到醫療班的不易，難怪藍袍們攻擊力越來越強，光想到查房時又看到空病房的瞬間，我這非醫療成員都覺得血壓上升，滿心剩幹了。

從醫療班離開後，夏碎學長熟門熟路地帶著一行人跳上看起來很像非法無照的不明黑色飛船，入口處別說船員，連船長都沒看見，大敞的通道階梯就戳在船體外，有種愛進不進隨便你的意味。領頭的夏碎學長踏進艙門時把一袋東西放到門邊的檯座上，就讓我們自己隨意找位子。

雖說飛船有點詭異，但座位倒是很好，都是獨立單人座，椅子加大空間又寬敞，像哈維恩這種腿很長的都不用擔心踹到前面；椅座上米白的絨毛布料又軟又香、相當舒適，平放下來還可以當床躺，四周更貼心地設置簾子，上頭有些消音術法，拉起後就形成小小的隱私空間。

上船時我看見有三三兩兩的其餘乘客各坐一方，有人凝神在看某些東西，有人閉眼休息，沒人開口講話，艙室內寂靜到詭異。

「正巧遇到私人的飛空巡航，運氣不錯。」我們幾人在比較後頭的無人區域坐下後，夏碎學長設了個隔音結界，小聲地說道：「這是很久以前戰爭時期羽族們製造的飛船，可連續穿行較短距離的空間，後來因種族分界與地盤切割，飛空巡航在很多地域已經被禁，目前剩餘兩艘，羽族保留一艘，另一艘屬私人勢力，並不在正規登記中。」

言下之意，我們搭的果然是無照飛船。

等等，穿行空間？

「取代正規座標，肆意飛行，有機率從別人家禁區上飛過去，運氣不好會被擊落。」半躺在椅子上的學長慵懶地補充。

……這黑船後面的主人到底？是在實現逛大街自由嗎？

「大爺還是第一次坐到這個。」西瑞放平椅子，在上頭滾來滾去。

「所以說運氣不錯，我們也是第一次，以前只在任務中聽前輩們說過。」夏碎學長並沒有說他是怎麼發現這條航線在附近，大約也是從其他地方聽來，總結就是條隱密的非法航空，與水火妖魔他們的偷渡點很類似。

「肆意飛行的話，會到達我們的目的地嗎？」聽起來就是亂飛啊？確定？

「上船時，把想去的目標點放在船資裡，如果不行就會被退回來。」夏碎學長躺進鬆軟的椅子裡，米白色的絨布被壓得下凹，一臉休閒度假的模樣，看上去完全不擔心我們一群人被賣掉，就連魂鷹都非常放鬆地瞇起眼睛蹲坐在他的腹部，一人一鷹彷彿呈現養老姿態。「沒被退就表示船主願意走這趟，可能要注意被投放在哪個位置就是。」

怎麼聽起來是某種要跳飛機撿槍的遊戲？

不是很妙。

「所以我們目的地是哪裡？」我按著眉間，有種大寫的腦痛。

「重柳族的禁地。」夏碎學長擼了擼魂鷹的頭毛。

「……認眞？」這是可以隨便說出來的觀光景點嗎？

雖然我有想過去爆破重柳族，但並沒有付諸行動啊喂！爲什麼眼前這票人可以說得如此理所當然，乍聽之下比我還像反派。

孤身一人自暴自棄太久，猛一重溫這些人有毒的作風，我還眞有點不太習慣。

「嗯，是眞的。」夏碎學長一邊擼鷹，一邊用認眞無比的口吻說著好像很正經的話：「原先是想與二十七商議，走了一趟只見到激進派、保守派差點鬥毆的現場，幸好二十七將魂鷹留在這裡，默認我們可以使用。殘魂即將消散，必須盡快送入時間種族的沉眠地，也只能先斬後奏。」

感覺會被先斬的可能是我們這票人呢。

話是這麼說，但我枯竭的內心默默地又往上伸直了一點，想要抓住這個大家爲我爭取來的唯一機會。

「嘛，大爺的小弟想去哪裡，大爺就帶他到哪裡，不是很當然的事嗎。」西瑞從椅上蹦起來，大剌剌地擺擺手，「而且本大爺看那些時間傢伙不爽很久了，比精靈還假掰，眞想讓他們全體變臉。」

哈維恩似乎很同意這個變臉提議，點點頭。

「所以我們在禁地埋……」

「不，我們只要做好該做的事就好了。」我打斷西瑞後頭可能有點恐怖的提議，面無表情地說道。二十七把魂鷹留下就表示他支持我們某些做法，一旦讓我們順利到達禁地，他高機率也會被坐實協助外敵入侵，或者背叛之類的罪名，即使不致死也要扒層皮，要是再在人家禁地埋核彈，恐怕接下來我們得送的就是二十七本人。

二十七那邊……

我皺起眉，認眞思考魔神生命核是否可用來交換二十七的「罪」，我並不希望二十七在這件事上遭到懲罰，於是默默地細數起手邊還有什麼籌碼。

「褚。」躺在一邊閉著眼睛的學長突然出聲：「做決定的是我們，所以你不用去思考其餘的事。現在開始，爭取時間，傾聽你的血脈。」

「……」我按著右手腕。

「提純血脈之後，很有可能會引動某些沉睡的血脈傳承。」被這麼一提醒，哈維恩連忙說道：「還有蓄積的力量也須消化。」

他們兩人都知道我吸收魔神生命核的事，甚至學長還是協助我汲取的人。扣除塞給魔龍的，確實還有很大一部分黑暗能量貯存在我身體裡，後來才發現應該是學長動的手腳，他將黑暗力量壓縮切成好幾個部分封印置放，讓我可以分階段適應，不然大概眞的要原地爆炸。

現在，我還有三塊黑暗能量沒有吃完。

躺在座位上的半精靈微睜開眼，澄透的銀眼涼涼地看著我：「如果我沒有意會錯你手臂裡留言，你那位先祖很可能也留下些什麼在血脈中，如同每個古老種族。能不能得到，就是你的本事了。」

所以我那位詭異的祖先到底在我手臂裡留了多少東西？

當時見面時間那麼短，他怎麼有辦法搞那麼多事？

難怪人家是族長。

手速眞快。

「那你快睡吧。」西瑞直接把我椅子放倒。

……傳承是睡出來的嗎？

「很常會出現在睡眠裡。」不知偷聽多久的魔龍打開聊天室，加入意識閒嗑牙：「畢竟意識層沒有防備時最好塞東西。」

不想被塞東西的人怎辦？失眠嗎？

「不睡也會恍神啊，那瞬間就可以了。」魔龍很隨意地說：「而且就算你人好好的警戒，遇到比你強的照樣塞，還可以無知無覺地塞，這麼一來不覺得塞在夢裡比較舒服嗎。」

爲什麼解釋完變得有點怪怪的？

我默默覺得，魔龍還不如不要解釋。

瞄了周圍，學長又重新閉上眼睛休息，其他幾人也各自休整，準備馬上要迎來的禁地之旅，於是我也只能乖乖地放鬆躺在座位，讓意識進入淺層專心消化盤踞在身體裡的黑暗能量，儘可能在到達重柳族前，多存一點可以自由運用的能力。

落入全然黑色區域時，我緩緩睜開眼睛。

黑暗盡頭，坐著曾存在過的那個人，淡金色的眼睛與我相視，略淺色的唇勾起一彎微笑。

「——小孩，你的手可以捧住多少呢？」

⁂

飛空巡航究竟穿越多少空間點沒人知道。

飛船內外包裹著眾多時空術法與結界，幾乎無法察覺外頭的空間躍動，大概是船主不想被人分析飛船穿行時尋找的空間縫隙路線，總之從船內看出去都是各式各樣的天空，沒有過於明顯的特徵或波動。

直到它靜悄悄地開始減速，我們座位周邊亮起一圈粉紫色的柔和光圈，似乎是提醒特定乘客即將到站。

我就是在這時候被哈維恩搖醒，距離我進入意識層大約相隔一小時左右。

粉紫光在附近繞了幾圈便重新聚攏在一起，緩緩形成傳送陣法圖。

「走吧。」學長起身，帶頭踏入紫色陣法。

雖然早知道跳機的機率很大，不過在我進入陣法、下秒突然失重的瞬間，我還是真誠地希望這艘違法黑船可以多幾種選擇，好歹也放到地面，而不是直接便宜行事就從機身外空投。

這讓我想起上次在古戰場也是被高空拋物。

甩出幾個輔助術法，我快速在空中穩定身形，下方所見全是白色霧氣，根本看不出我們被投放在哪，疑惑地一個側頭，剛好與夏碎學長對上視線。

「前方有禁地的守護結界，這一帶都被隱匿結界覆蓋。」學長站在銀白陣法上，對照手邊的術法座標，檢視下方情況。「重柳族的沉眠禁地似乎不在族內，這對我們來說算是好事。」

用通俗的話來說，對我們來說肇事落跑比較快。

我重新觀察周圍，發現這裡沒有其他生物的氣息，沒有動植物、某些種族，也沒有各式各樣生命混合的力量。

類似這樣的地方我接觸過好幾次，應該說才剛從差不多的環境歸來。「時空？」

「不，應該只是重柳族自行開闢的虛空。」夏碎學長說道：「將禁地所在位置切割成獨立小空間，沒想到飛空巡航居然穿到這裡面來了，我原本預估會在外頭，得花費一些時間定位和破解結界。」

羽族的高科技快變成黑科技了，眞想知道他們在飛船裡都裝了什麼，難怪會被禁航，要是開放航線給他們，大概天天都有種族的祕密曝光在太陽底下。

其實該稱霸世界的是這群傢伙吧。

站在一群入侵者身邊的魂鷹看見熟悉的老地盤，突然發出一聲響亮的鳴叫，很有種「跟我來」的意味，接著展開翅膀，倏地直往白霧裡鑽去。

既然都到這裡了，不進去實在有點對不起門票。

等等，所以你們本來是要強闖……破解人家結界？

啊也是啦，重柳族看起來就是不歡迎我們的模樣，加上重柳在重柳族似乎很不受歡迎，用腳底板想也知道他們肯定不會說出「歡迎光臨，靈魂有問題嗎？我們幫你處理」或者「隨便放置，和平溫柔友善愛」這類的迎賓用語。

我看著天上地下、前後左右皆是一片白茫，如同我們不知道會不會核裂的未來，再次覺得人生眞難，白色種族一堆渾蛋，想阻礙我路的最好集體原地爆炸。

「走吧。」學長輕飄飄地帶著浮空術法往魂鷹方向盪去，我們隨即跟在他後面，都來到這裡了，多說無益，闖就是。

原先以爲可能又要過五關、斬六將的白霧內異常安靜，就好像眞的只是遮蔽耳目的障眼法，沒有實質殺傷力，踏進的同時感受不到任何威脅。

重柳族會這麼好心不設障礙讓人闖入禁地？

他們腦殼撞到了嗎？

魂鷹的聲音於前方再次響起，催促我們不要落後。

「不是沒有陷阱。」魔龍的聲音傳來，水藍色小飛碟飛出來在我周邊轉圈圈，玩耍般帶起一陣白霧小漩渦，「是那隻鳥的關係，那玩意就是禁地鑰匙。」

水色小飛碟帶著白霧線條繼續往前飄，最後跟在學長身邊轉來轉去，釋出微弱的治癒力量。

走在前方的學長往後看了我一眼，沒有拒絕米納斯的幫助，伸手接住小飛碟放到長外套的口袋裡，隱約可以看見鼓起來的位置泛出柔和光芒。

「太順利，感覺有問題。」西瑞左右張望幾次，一臉沒被打怪怪地嘖了聲：「那些魔神仔有這麼善良嗎？」

「希克斯說魂鷹是禁地的鑰匙。」我想他們應該也不知道這件事，畢竟夏碎學長有預備非法破門而入的手段。

「原來如此。」夏碎學長點頭表示理解。「眞可惜。」

是在可惜什麼？哈囉？

「除了鳥，這裡流逝的全都是廢棄時間，雖然你們這些小菜雞可能看不清楚。」魔龍的虛影飄出來，大概是覺得跟我腦內溝通比較無聊，跑出來找存在感。「重柳族的小傢伙們收集眞多廢棄物，心懷惡意的東西進來會直接迷失在這裡變成肥料，如果你們想體驗，本尊也可以幫你們打開潛藏的小玩意。」

「先不要，回去吧你。」我把魔龍塞回意識並直接關掉抱怨超多的聊天室，目前還有契約可以控制這傢伙出入，要不然很怕等等眞的被打開禁地陷阱，畢竟旁邊有個很愛死裡求生遊戲的西瑞，以及運氣不好容易出事故的debuff。

非常熟悉禁地的魂鷹帶著一行人繞繞轉轉一小段時間，遮擋視線的霧氣終於開始減少，逐漸露出包藏在裡面的眞實景色。

沒有人造物，所謂的禁地處於那一層層厚重白霧漩渦的眞空中心，地面盪漾銀白光芒的漣漪，周邊不斷有繁星一般的光點從漣漪圈裡浮出、散漫往中央聚集，並向上成一束束無重力地飄去，組成恍若水往上流的耀眼奇景。

魂鷹圍繞著半徑起碼有五、六百公尺粗壯又閃閃發亮的「水往上流」飛了兩圈，最後落到夏碎學長的肩膀，微微張張翅膀，開始偏頭整理羽毛。

「先等等。」夏碎學長對我說道。

等待期間我往水往上流靠近了幾步，沖天的光束雖說是白光，卻意外地不刺眼，反而有種很舒服溫暖，甚至熟悉的感覺，越接近越有這種感受，彷彿順著這些光去到未知的地方並不讓人恐懼，聽不見的聲音在我腦袋裡詠唱著令人懷念又安詳的歌曲。

我正想再往前幾步、仔細看看這到底是什麼力量的同時，被人一把抓住肩膀，回頭看見無聲無息摸到身後的學長，鬼祟出現的功力一年強過一年，明明經過戰場洗禮後我已習慣在周身繞一點黑暗戒備，竟然還是沒發現他的接近。

「通往世界意識的時間長流分支，別靠太近，會被帶走。」學長示意我看看地面，輕顫微光漣漪的中央空間其實有著很淡很淡、幾乎透到肉眼要貼近仔細看，才可以看得出的術法圈，文字不認識，但蘊含古老又悠遠的沉重氣息，只盯著幾秒就開始頭暈目眩。

連忙閉上眼睛跟著學長退兩步，過了一會兒我才再次睜開眼，這次就不敢隨便貼近水往上流了，避開光束後那道縈繞腦袋的歌聲逐漸悠遠，直到再也聽不見。

我們並沒有在禁地等很久，大約五分鐘，白霧包裹的入口處被撕開一條可容一人通過的時空道路，接著跳出據說被關押的二十七，大概是逃獄的重柳族順手闔上裂縫，抬起手臂接住往他身上撲的魂鷹，隨後踏著無聲的步伐過來。

「得盡快，追兵在……」

二十七話還沒說完，白霧外似乎隔了很大一段距離的某個位置猛地傳來一陣轟隆爆炸的巨大聲響。

白霧擁有隔絕外界的術法，包括震波與各式各樣的襲擊等等，但過大的聲音顯然無法阻隔，光是爆裂聲就足以讓我們判斷外頭那場爆炸有多大，恐怕兩座山都可以當場炸成隕石坑。

相較於我們幾人或大或小的訝異，一邊的西瑞突然嘖了聲，而帶沉重地轉向哈維恩，嫌棄地開口：「你只拿一個虧大了，贈品應該多拿幾個。」

哈維恩一臉茫然問號，如同其他人。

……？

……

靠夭等等！

「地雷？」我按著胸口，看著不知什麼時候把地雷埋在別人家禁地門口的某殺手。

西瑞朝我比了個拇指，露出陽光少年的璀璨一笑。

……

啊，又要被追殺了。

到底去哪裡買東西送這種湮滅人間的贈品啊！

你們眞的買了核彈嗎！

我看著一臉無辜的夜妖精，沉默了。

「呃……」

這輩子大概從來沒想到自己收魂送魂的熟悉道路上會被埋地雷，二十七難得怔了好幾秒，可能腦子在轉圈適應我們這群人不太對勁的操作，回過神看我們的目光有瞬間變得怪怪的，但很快又恢復原本的淡漠沉靜假掰，堅強且高冷地硬拗回正題：「追兵在外，但我們還有些許時間。」

從「得盡快」變成「些許時間」，看來那顆地雷眞的炸到人，而且炸得不輕，幸好按二十七的反應來看，沒死只重傷，不然他可能當場抽刀把我們這批邪惡的同夥砍掉。

雖說還有時間，二十七在看完一群智障後還是立即搶快布置，轉身帶著魂鷹瞬閃出現在水往上流，原先散發一股安靜祥和的逆流光束緩緩一波波往左右展開，拓出扇形的龐大空間，並顯露出矗立在正中央被水往上流包圍的圓形球體物。

同樣暖白的球體約莫標準排球大小，飄浮半空的球身刻滿肅穆的古老文字，看起來相當正經。無物的空氣在隱藏空間被打開後傳來陣陣波動，接著一點一滴浮現不知藏匿何處的十二根冷白長柱與層層疊出的圓形祭壇。十二根偌大長柱上攀附著不同雕刻，有些優美、有些雄壯，有人形也有獸形，甚至各種奇奇怪怪的自然圖騰或不明物體，乍一入眼氣勢極爲磅礡，給人快起雞皮疙瘩的感覺。

略透的白玉材質散發相似的幽遠強盛氣息，層疊圍繞的中心點是座滾滿白霧的超大水池，隱約可見下方有水花波紋，隨著水珠濺起，一絲時空裡獨有的異樣力量感旋繞散發。

「淨魂池。」二十七輕聲開口：「屬於時間種族的迷失靈魂會在這裡洗去污穢、儘可能填補傷口與一切傷害，待能量足夠，即可重新進入時間長流沉眠，其餘者將會被送往安息之地或……永遠魂崩消散。」

魂鷹鳴叫了聲，展翅飛到其中一根柱子上方，踩著雕像腦袋由高處俯瞰我們。

「可是……」我看向學長，內心再度充滿恐慌。重柳的殘魂已不是填補傷口這麼簡單的狀態，站在這裡，我再度感覺到那股可以把人壓彎趴下的絕望壓力。

「時間長流由世界意識組構，一旦來到這裡，將魂靈送入淨魂池與長流，決定該如何處置的，是世界。」二十七像是看出我的憂慮和不捨，面無表情地陳述：「無論是怎樣的存在，在時間長流面前，唯有世界能夠判決他的最終去向，聖者也好，罪人也罷，這是最後的機會，世界會公正公平對待祂的使者。」

我明白他的意思，在這個地方，不管重柳曾做過什麼事，決定他生死和殘魂延續的不是任何一個人，是時間種族侍奉的世界意識。

因此，只要趕在其他重柳族到來前將重柳送入淨魂池，他們將再也不能干預重柳殘魂，若是世界意識真的將他修補並收回、讓他安眠，幾千百年後重新甦醒或重生、投胎等等，重柳族也不能再靠杯什麼。

「我，一開始就發現他在你身上，但這是他的選擇。」二十七凝視著我，說出讓我震驚的眞相：「或許我的族人們並不認同，但我……認為已經足夠了，他償還的時間極爲漫長，遠遠超過他犯下並應該承擔的罪責。而在這種種過後，他選擇爲他認定的『正確軌跡』而亡，我願意認同並實現他的願望，這便是我幫助你們與他的主要原因。」

我張了張嘴，酸澀無比地詢問：「他的罪究竟……」

二十七微斂眼眸，沒有解開我長久以來困惑萬分的謎底。

「先不說這些。」學長對我搖搖頭，銀色眼眸的視線落在開始出現詭異波紋的白霧上，明顯外面有人走過禁地那些層層疊疊的陷阱，已經快要闖到逼近我們外圍的地方。

「來。」二十七對學長招手。

學長在我們注視中踏上祭壇，站到二十七身邊，兩人以謎之語言交談，看上去是二十七在告知學長某些注意事項，幾句你知我也知的交流完畢，學長脫掉鞋子踩進水池的淺水區。

站在邊上的二十七腳下與飄浮水池頂端的球體下轉出一大一小相同的子母法陣，白色小光點不停歇地從球體散出，落入白霧裡濺起更多蕩漾的水珠，直到池面的白光點滿溢、往外飄散，學長才抬起雙手，呈捧物狀，小心接住從自己身上飄出、很淡的一抹小光圈。

不到半掌大的光圈在二十七牽動術法的引導下，極爲緩慢又困難地吸取四、五顆靠過來的光點。

「……？」二十七微微瞇起眼，引導的動作停下，不知爲何回頭看了我一眼。

我下意識往前一步，但不敢再過去。

水池二人組突然很短促地交換幾句話，主要是二十七在說，接著學長也回頭望向我，表情略微複雜，很標準那種有事的煩躁模樣。

眨眼兩人又轉回白霧池，二十七抬手又引來幾顆小光點往學長手心的光圈裡面塞，看起來似乎是殘魂無力自主接受那些光點，只能人爲塡充，盡量能塞多少就塞多少，小光圈依舊呈現那種吞不下去、要吐不吐的模樣。

「來了。」站在一邊的哈維恩轉頭，獵犬般狠戾地盯著右前方白霧的方向。

從那個地方，滲進其他重柳族的氣息與強烈殺意。

我抬起手，正要甩幾團黑色力量出去陪他們玩時，上方的魂鷹展翅飛下，撲臉把我們趕進祭壇，下秒水往上流的光束迅速圍繞過來，將我們連同祭壇重新埋藏進沖天光柱裡，連帶隔絕各種探索術法和氣息。

「準備好。」夏碎學長讓我們去到水池側邊。「隨時得離開。」

在這裡更能清楚看見學長他們的動作，二十七繼續努力把光點塡充到小光圈裡，但不是很順利，小光圈仍然那副即將潰散的模樣，但仔細一看，核心處被一條很細的紅線捆住，幽暗的紅絲束縛著殘魂核心，使其不裂解，這是妖師先祖不知道什麼時候設下的最後防線。

不得不說，他的種種後手讓我突然意識到對方確實是統御三支妖師分族的總首領，竟然連這種類似靈魂治療的手段都非常厲害。如果當時我有機會更早遇到他們，說不定可以發現他像百塵遊走時空，或者如千眾施展醫療的一面。

這樣一比照，難怪他會瞧不起後世的我們，光是後面幾任的妖師族長拿出來擺在一起看，簡直被祖先甩出十萬八千里。

「褚，過來。」學長突然打斷我的思緒，指揮道：「鞋子脫了，進來。」

「咦？」我連忙踢掉鞋子，把身上所有黑暗一點不漏地收起，一腳踏進白霧裡。

第一個感想是很冰冷，與目視的暖白不同，是超級刺骨、幾乎可說是割骨的寒冷，腳掌瞬間失去知覺。

「手。」學長將捧著的小光圈慢慢轉移到我伸出的雙手手心，接著握住我的手腕輕輕施力，緩慢地讓我跟著他的動作彎腰把雙手連同光圈浸入池霧。手背接觸到冰涼霧氣的那秒，覆蓋水池的白霧很快讓出一個圈，露出下方透徹泛光的水平面。顆顆小光點聚集在我的手背下，有點像在等待餵食的鯉魚，露出小小點的圓頂，水與光流進掌心的同時，這些小光點隨之主動跟來，聚集在光圈旁邊，快把光圈整個拱起。

雙手被水包覆而失去知覺，光圈被小光點擠著躺進水裡，我隱約感覺到光圈裡弱到很久才跳動一次的生命波動，還活著，確實還活著。

二十七看看我，又看看學長，有些疑惑地開口解釋：「你們所見的微光能塡補族人魂靈傷口的原理，是我們曾在長流或時空軌跡中留下的某一部分，或許是殘留力量、靈魂氣息，又或許是記憶，甚至很可能是靈魂碎片；這些被世界意識友善地收存與包容，經過歷史推進被送至相應的時間種族祭壇，作爲塡充傷損的預備養料，盡量在極端狀況下輔助修補魂體等等，僅對擁有時族血脈者有效。」

說著，他沉思了半晌，又繼續。「他的貯備養料因長期被重柳族反覆消耗，是故剩下很少，數量低到很難徹底塡補……但是很奇怪，我經由祭壇找到沉在最深處的殘存，卻與你有交集，這一小部分被投擲在軌跡中漂流至今，連他自己的殘魂都幾乎調動不了，似乎以前也未曾被其他人取用過，直到現在被你吸引而來……我不明白。」

「是指我和他在很久以前有某種羈絆，然後這部分被世界意識存到祭壇裡面嗎？」我大概可以理解二十七的疑惑了。二十七知道我掉到時空裡，確切掉哪不曉得，但小喪屍和我確實曾出現在萬餘年前，如果當時小喪屍就預知到靈魂潰散，事先做下某些防範手段，那麼萬多年後

的我們在這裡取得留下的「養料」，就我看來相當正常。

不過小喪屍是什麼時候存的？難道是我在戰場上沒完沒了仆街的空檔嗎？

那時候，他有健康到可以做這些事情嗎？

該不會他每天都在對自己進行細微的「養料」切割吧？

「是的，這些細小的能量與你有連繫。」二十七看著漸漸鑽進光圈的小光點，手指點出幾個術法輔助吸收，「吃掉」光點的小光圈明顯變得穩定許多，至少碎開的速度慢下來、幾乎停止，脈動也多了一些。「你願意再給予……」

「可以。」學長沒讓二十七說完，又平空取出一團白色的東西塞進我手裡。

觸感有點軟綿綿的白色物體與小光圈混在一起，光圈直接被融進去，很快變成了大一團的光圈。

二十七將光圈推進水池內，我們眼睜睜看著那一球微光緩慢地被池水吞噬，沒入極深處。

水往上流的外面傳來極大動靜。

深深地看著水池，二十七似乎下了某種決心，開口：「二十日，我去找你們。」

二十天？

爲什麼？

「他不能前往時間種族的……沉睡處？長流？」我感覺心肝脾肺整個重到不行。「或者安息之地也不行嗎？」

「殘魂力量不足，會在長流被沖散，先將他藏在池裡，儘可能汲取養料，這段時間我進世界軌跡再找找有無其餘的靈魂碎片，二十日是極限。」二十七頓了頓，略皺了下眉，思索數秒才繼續道：「如果補足，他能夠回到時間長流，世界意識並沒有排斥他。」

不知道該怎麼形容我的心情，聽見無法馬上知道結果且還要等這麼多天，又能量不足，我有種被鈍刀割肉的痛感；一方面又因為二十七後面「能夠回到時間長流」這幾句而慶幸。這是我最想看見的結果，他在經歷這麼多痛苦後終於可以回到安寧、不再被迫害的地方。

我不敢開口詢問如果二十日後沒有找到其他塡補的碎魂，或是力量依舊不足該怎麼辦，我按著胸口，用最眞誠的祝福與妖師心咒來保障二十日後絕對可以成功。

周圍的水往上流好像也感受到咒力，抖出波浪形的紋路。

「你沒關係嗎？」夏碎學長憂心地看著二十七，「重柳族那邊……」

「無事，被允許隨時進入聖壇禁地的尋魂者唯有我，另外即是大祭司，其餘尋魂者必須經過我們轉遞魂靈，也無法如此精準搜尋碎魂。」二十七淡淡地回應，言下之意就是他的工作沒幾個人可以替代，還能這麼大搖大擺在禁地出入。有這個大前提，重柳族再怎麼牽怒、懲罰，他都不會掛掉，除非後繼有人。

完美詮釋當一個人擁有別人取代不了的技能時，他就是不能搞死的王者。

眞實鐵飯碗。

我聽外面的吵鬧幾乎已逼近水往上流了，看來帶追兵進來的應該就是另外那位大祭司，不曉得對方是激進派或保守派。

「你們先離開。」二十七無視禁地限制直接甩出傳送術法，四周部分稀疏的白霧和小光點很好奇似地聚過來，在陣法周邊轉來轉去。

見二十七眞的沒打算一起走，我們只好分別進入這個特殊陣法，白霧攏上來、開始扭曲景物的瞬間，水往上流再度搖曳著要讓開通道。

「去吧。」

二十七閉合空間術法，將我們送走。

※

這次撕裂空間的術法距離非常遠。

我原本以為按照二十七的性格，可能會把我們甩回醫療班，接著被一堆藍袍魔鬼包圍，所以完全沒有預料到下秒包圍我們的會是漫天濃厚的瘴氣與扭曲毒素。

哈維恩瞬間設下地面結界，將如餓虎撲來的黑霧隔在外圍，毒素立即沾黏在結界壁上，發出滋滋腐蝕的聲響與臭氣。

「這裡是……」夏碎學長扶著學長在一旁斷柱坐下，意外地環顧幾乎陷入毒瘴黑暗的殘破景物。

不得不說，這個環境與臭味真的非常、非常地熟悉。

公會不是才只收復到海岸外圍嗎喂！

為什麼會把我們投擲到孤島內部？

故意的嗎二十七！

這是什麼人生偏差偏成這副德性？

突然覺得他剛剛意味深長送我們走的那副模樣變得有點陰險。

還有他到底是怎麼把我們搞進來的？孤島不是重新封閉、目前由公會掌控嗎？你們時間種族撕時空可以這麼隨便嗎？

是真的想把我們送走嗎？

「術法失誤。」哈維恩固定住正要消散的術法，微皺眉地檢視上頭的圖文，然後腳尖點了點其中變成一團的文字。

「二十七不該會犯這種錯誤。」夏碎學長彎身觀察術法圈，視線落在那團文字周圍隱隱裂開的術法構成線條，「是瞬間遭到攻擊？」

馬的，那群重柳族攻擊就算了，還把我們擊飛到孤島是想幹什麼？

「重柳族應該沒這麼無聊。」學長仍維持他那副仙氣滿滿的精靈外殼，歪頭研究了一會兒被卡在地上的術法陣，瞇起眼睛，「眞奇怪……」

「哈，管他是誰在那邊假鬼假怪。」西瑞拗拗爪子、舔舔唇，興致盎然地盯著外面滾動的毒霧及藏在其中的某些東西。上次的孤島之旅他沒有跟到，這次又因爲我的關係沒在第一時間進入他家聯盟隊伍湊熱鬧，看著也是憋很久了。「出來什麼大爺就幹掉什麼。」

萬一出來你爸呢？

我傾聽周圍黑暗與藏在其中的竊竊私語，對其他人豎起手指示意安靜。

上回孤島內部被我們搞了一波，後續公會推進應該也把更多妖魔鬼怪往內逼，推測現在島內正在內鬥、搶地盤和勢力之類的各種衝擊。

……等等？

我聽見躲在毒霧裡的話語，那邊正在討論我們是什麼，並且要怎麼吃才好吃，還有很關鍵的一句——

「三千多年沒有看過新的種族食物了。」

哈維恩同步唸出那些鬼東西怪異的談論內容，並且在這瞬間推翻我們剛剛對於目的地的確認：「這裡並不是瑟菲雅格島。」

這裡是另外一個被妖魔鬼怪侵佔的陷落地，環境類似孤島。

捏住黑暗氣息，我張開手掌，氣流旋轉如風，立即將四周覆蓋地面的穢物與黑灰等不明物體吹開一大片，原本躲在暗處觀察我們的「東西」被這動靜驚到，混在髒污裡跑出遠遠一段距離。

算他們跑得快，不然我正想把他們給劈了，畢竟不強，還敢在那邊討論誰的腿看起來比較好吃。

都是萬中選一的長腿你們吃得起嗎！靠！

我們運氣不錯，吹開的地面有兩塊埋在土裡、只剩頭頂的斷碑。

哈維恩把兩塊臉大的碑石挖出來，正好可以拼在一起，看起來是碑文的中段，應是整塊石碑被打碎時這兩塊砸到了同個位置，掩埋至今。

清除掉積在上頭的厚厚泥塊，被保存下來的古文字一點一點地顯露出來。

夏碎學長把在我們之中擔任語言大師的學長扶過來，馬上解譯了曾存在此處的歷史。

「雲之都、風之鄉。」

「天之城市——狄美洛索特。」

第五話　天之城

「羽族的天空城？」

說到雲與風還有天之城這些關鍵字，就算是我也一秒可以猜到是哪個種族的地盤。

「嗯，狄美洛索特是純粹羽族的浮空城市，但已失落許多年，在抗魔神的古戰場中與穿梭時空的魔神對撞，隨後被捲入爆炸震盪、撕裂的混亂時空，再沒有下落。」歷史大師學長用關鍵字在他的腦子裡找到相關資料，說道：「也是屬於當時未知後續消息的城鎮……應該說，浮空城市因所在位置特殊，也經常被羽族隱蔽，所以比起一般地面城市更容易歷史斷層。」

羽族好像很常拿浮空城去撞敵人？

至少到今天為止，我已經聽過有兩、三座羽族的浮空城去撞魔神或魔王之類的傳聞，難道這行為在古代其實不是特例，而是常態嗎？

學長大概看出我臉上實質的無言，輕咳了聲：「浮空城市日常所需耗能、術法量極為龐大，因而島內貯存能量驚人，引爆時產生的毀滅效果所有種族都不願正面迎對、包括時族和精靈……雖說天空戰場較少，但外來邪惡撕裂虛空時，經常喜好從空中……」

懂了。

魔神或同等級的恐怖威脅在天空第一時間被羽族發現，他們就直接開城市撞死對方——來自技術宅的迎頭暴擊。

歡迎來地球，Go die吧外星人。

按照我所知，羽族在開島撞人前會預先進行撤離，所以這裡應該與孤島不同，不會有太慘烈的死傷，更不會有被垂涎的物資、大量亡者靈魂。

這麼一來就奇怪了，為什麼一座失落、甚至毀滅的天空城遺跡，會出現如同孤島一樣妖魔環伺的環境？

「這裡的羽族原先是什麼部族？屬性？」我認眞思索片刻，覺得說不定島內有類似像月守眾那種比較特別的存在，他們直接封島，把當年的妖魔鬼怪鎖死在其中。

「我不太清楚，只是以前在賽塔那邊聽過一些傳聞。」學長解釋道，他腦子貯存的大量古代斷層歷史多來自於三王子、黑王、三董事與賽塔，有些只在講述歷史或相關術法的當下偶爾提一嘴，不一定會深入講述，狄美洛索特城就是如此。

我默默看著學長，覺得這些人的記憶力眞不是普通變態，隨便講到的都記得，換成我、即使是現在記憶力與能力大增的我：鬼才記得住這麼複雜的城名。

「你們怎麼不問本尊。」魔龍又擅自跑出來。

喔對，這裡有個萬年活歷史。

「好的，請開始您的表演。」我拍了兩下手掌以示期待。

「……」魔龍無言的表情充分顯示他覺得不應該自投羅網。

米納斯從另一邊游出來，落在學長身邊，輔助治癒的水珠悠悠地繞著人轉。

看著全體人員擺出聽講古的姿態，魔龍更無言了，他本來可能是想看大家仰望乞求他之類的模樣，沒想到直接把自己送上嗑瓜子講台。

「麻煩您了。」良心尚存的夏碎學長很有禮貌地行了禮。

因爲本地黑暗力量夠多，我招來一些捏成大獅子臥在一邊，懶洋洋地傾身靠坐，旁邊的西瑞立刻趴過來，眞的就差一點零食了。

「……那些鳥毛小東西，沒記錯的話是日行部族，戰鬥屬性，本尊聽說他們撞的是魔神舍斯弭，入侵世界的所有魔神裡，大概算得上是比較溫和的一個。」魔龍大概覺得用溫和形容破壞別人世界的魔神有點好笑，冷冷地嗤了聲：「舍斯弭當年破壞時空入侵的動靜極小，屠殺的種族群並不多，種族群大多死於它的落腳地，它並未主動大肆侵略各地製造戰場，所以本尊認爲它很可能是無意『踩死』那些種族，就像人類踩過螞蟻，同樣不會心懷愧疚。後來有一天舍斯弭消失了，同時傳出狄美洛索特對撞穿梭時空的魔神，進而殞落。」

「魔神應該不會這樣被撞死？」雖然不想說天空城犧牲無用，但就我所知，魔神基本不會這麼容易升天，看看被我先祖搞爆的這隻，僅剩顆生命核都還活著，核裡還貯藏驚人的黑色能量，所以那隻魔神頂多被撞個四分五裂，等候組合再戰三萬年。

「這就不曉得，至少在本尊沉眠這段期間，舍斯弭確實未曾再出現過，也有可能是狄美洛索特的鳥毛們將它封印，或者有其他種族花了可怕代價封印它。」魔龍抬起手指，在空氣中勾勒出一幅模糊畫像，是個穿著白色斗篷的人形，背後展開六翼羽翅，看起來詭異地聖潔，如果沒人指出魔神身分，真的不會想到是那麼恐怖的存在。

我想想遇過的病毒球，感嘆魔神的多元化。

「所以這座天空城遺跡會變成這樣是因爲……魔神力量殘存？」夏碎學長皺起眉頭。「當時對撞魔神，不管是否擊斃對方，碎裂的軀體都會在遺跡中留下某些東西，對邪惡來說是最好的補品。」

「但剛剛那些魔物的意思，這裡似乎只封閉了三千餘年。」哈維恩提醒道。

如果對撞之後就被封鎖，加上魔龍那時代就聽聞，那應該是萬年起跳，三千年有點短，短到足以留下很多記載與傳唱，然而學長他們這些熱愛歷史的卻對這裡沒有頭緒。

「或許是封禁後又被開啓，開啓後再度被封禁，造成某些歷史斷層，也或許是時間流速造成的影響。」夏碎學長提出可能的原因，「無論如何，大概得等我們回去才能繼續追查了，重要的是眼前。」

是的，重要的是眼前，顯然這遺跡至少被封鎖了三千多年，所以我們到底是怎麼被空投進來的啊喂！

按按太陽穴，我想來想去想不出個所以然，於是放棄思考，把視線重新投放到藏在遠處黑影中的大小魔獸，它們雖然忌憚我們表現出來的實力，但並沒有因此打退堂鼓，依舊悄悄商議著要怎麼吃我們。

從急於想就地把我們直接剮了吞食的態度，可判斷附近有更強大的魔物，它們並沒有打算讓我們活著出去成爲別人的口糧，很快便出現鋌而走險的舉動，具體表現是好幾隻獸形魔物衝出來，捲著毒素一頭撞在結界壁上，試圖把保護結界撞出個洞。

「……」

行吧，簡單粗暴無腦，很魔物。

「我去處理。」哈維恩揮出彎刀，筆直走向那些貼到結界外圍的魔獸。

不得不說它們可以在這種地方生存好幾千年不是沒道理，與孤島相同，島內的妖魔鬼怪互相消耗，可以活到現在的大多有兩把刷子，不然就是背後有更強的靠山。

西瑞一邊磨著爪子，一邊跟上去湊熱鬧，很快結界壁那邊就傳來一堆鬼哭神號的聲音。

「現在怎辦？」我看向學長他們，提出發問。

「本尊沒有這城市的地圖。」魔龍直奔重點，很遺憾地說。

「先接觸看看封鎖大陣法的核心與確認遺跡現況。」學長思索片刻：「雖然有辦法跳出空間，但需要一絲對外的聯繫，或許可以從陣法核心試試。」

「我來找。」按住正欲起身的學長的肩膀，我微瞇起眼，冷冷一笑：「你該不會覺得你可以吧？」

「……」學長不知道是真的還是假的咳了聲。

喔，這傢伙還真的覺得他可以。

把這隻白色的北七丟給夏碎學長和米納斯，我沒好氣地招來幾架增幅小飛碟往外走。周邊氣息與毒素雖然濃重，但比起戰場還算稀薄，我將黑暗力量灌進團團轉的小飛碟群，邁離結界保護範圍的同時抬起手，黑暗凝聚的獅子從我兩側跳出，亞洲象一般大小的兩頭黑獅子咆哮著向前衝刺，咬住朝我們奔來的魔獸頸子，衝力將敵手撞出一段距離。

象徵妖師的恐怖氣息自天空壓下，那些環繞在四周蠢蠢欲動的魔物霎時悄無聲息。

我順著一個個邪惡生物的腦子入侵過去，閉上眼，在腦袋中繪出這一帶的地形及可能有的殘餘術法能量。

「告訴我，凝聚最多白色種族力量的地方在哪裡？」

天空島的規模比我預想的還要大。

先前就覺得式青他們所在的浮空島佔地寬廣，沒想到這座天空島更大，該說不愧是羽族的正規城市嗎。在我掐爆不知第幾個魔物的腦袋後畫出的土地範圍已遠超浮空島，但魔物們的反饋是大小還不到二分之一，並且當年這座浮空城對撞魔神時其實撞毀了大半部分，全盛時期應該更為壯觀。

並且額外確定了一件事，天空島遺跡並不在守世界或原世界，更不在六界某一處——當年迎面撞擊穿梭時空的魔神後引發亂流，將破碎的城市捲入，致使整座殘存遺跡嵌在空間夾縫裡，徹底成為迷失在虛空的失落之城。

剽悍的羽族拿城市暴擊時顯然開了城市自動運轉術法，或者類似孤島那種自閉大陣，與許多白色種族會用的手法一樣，關禁閉大陣不消，魔物進得來、出不去，某些被魔神殘存血肉吸引來的妖魔鬼怪撕破空間鑽進來，就像被黏在蟑螂屋裡長留了。

之所以會在三千年前還可接觸到外界，是因爲這片時空夾層偶爾會與外界產生連結，推測很大機率是當時時空暴亂的緣故，因此產生驚喜箱般不定時閃現的「通道」，屆時在北邊區域會產生貫穿大陣的對外雙向路徑，魔物往往趁這個時機想辦法逃脫，外頭也時常有誤入的冒險者，這些冒險者多半都變成大魔物的食物。

「最後一次出現通道是三千多年前，它們說那時有團冒險者不知對通道幹了什麼，這群人離去後，接下來長達三千多年『通道』直接銷聲匿跡、不再出現。」我把在魔物群腦袋裡讀取到的情報大致統合一下，接著把零碎拼湊的本區地圖傳遞給幾個人。「白色力量留存最多的地方是南邊，應該就是這座天空島的封鎖核心。」

「通道的產生或許是該處的封閉陣法在撞擊後破損，較爲薄弱，因此容易被時空亂流影響，進而重新連結回原本世界。如果沒猜錯，三千年前那團冒險者，應該是修復了封閉陣法，或者堵死空間亂流。」夏碎學長說出自己的猜測：「也許我們可以經由那個地方離開，塡補過的術法更容易重新解開。」

南與北是相反方向，如果兩邊都走，可能要花很多時間。

我們所在地是東方，這塊區域屬於一隻沉睡的魔將軍擁有，是個被關久無聊便開始進入昏迷的傢伙。

剛剛我搞出的動靜都沒有吵醒這個魔將軍，看來他沒打算出場接客，對我們是好消息。

地圖雖不完整，但沒關係，我們可以一邊走一邊逮魔物畫，魔物這麼多，等同滿地都有腦子可以截圖。

我將魔龍和米納斯收回，哈維恩與西瑞也差不多清完其餘魔物，兩人回到結界內，正好告知他們眼下狀況。

「若感到困擾，我可以前往北方查探結界相關問題。」哈維恩甩去彎刀上的腥臭血液，邊複製一份地圖邊說道：「在這裡，夜妖精比諸位好發揮許多，我單獨行動更不容易被發現。」

類似的話之前他在孤島也說過。

確實是個辦法，這個場地極適合我們兩個黑色種族發揮，還可以邊走邊吸取一些無主黑暗能量。

「那麼我們前往南邊。」學長立即做好決定。

我招來那兩頭黑獅子，化回能量後揉一揉，重新變成一隻大飛鷹。

哈維恩不需代步工具，領了架小飛碟與我們約定好一些通訊時間點後，很快便消失在陰影裡。

「怎麼不是金龍？」西瑞對於交通工具沒有閃閃發光發出嫌棄感言。

「因爲我還沒學會力量著色。」我面不改色地回答，後頭一句沒說的是以後也不會學。馬的我一個黑暗勢力，搞不好還是終生反派，兩方人馬對嗆的瞬間召來金光神龍能看嗎？光想那幅畫面就覺得氣勢會被聖光腐蝕。

把西瑞對顏色的碎碎唸拋到腦後，我在周圍設下結界，以黑暗氣息覆蓋所有人，外頭再捲一層本地毒素土產，接著才驅使黑鷹飛上天空。

一邊往南飛，我一邊隨機投放炸彈侵蝕路過的魔物，陸續補充訊息。

狄美洛索特與魔神對撞、爆破時，確實被濺了不少破碎的血肉，然而留在天空城裡準備赴死的那批羽族祭司與戰士，儘可能把那些魔神殘留物都做了封印，有部分被第一時間嗅到氣味闖來的妖魔啃食，有些至今尚破不開封印，被高等妖魔佔據，例如那個在東方沉睡的魔將軍，就掌握了一個古老的血肉封印。

「似乎直到四、五千多年前還有存活的羽族祭司在消滅那些啃食過魔神血肉的魔物，但這位最後的祭司已經遇害。」我喃喃說著情報，心底有點不是滋味。不同地方卻有相同的事情發生，流越那時跟我們出來了，留在這裡的羽族祭司卻沒有撐到救援，無聲無息地在這個虛空中殞落，外界甚至不知道他們的存在與名字。「魔物們說他藏身的所在是南方，應該就是我們要去的那個能量聚集處。」

「等等，這裡的時間流速與外界相等嗎？」夏碎學長想到另個問題。當時我們在孤島的封閉空間，流速與外界並不相等，現在這座天空城卡在虛空裡，想必也不會對等到哪裡去，這麼一來，兩邊換算會有問題。

「出去才知道。」學長手邊不斷繪製地圖，有我們從高空向下俯瞰的，有我從魔物腦子裡掏出來的，一點一滴彙整出我們經過的路線。

不得不感嘆幾句羽族的製造技術眞的有夠可怕，遺跡雖然被邪惡侵佔，但不少建築居然還能看得出輪廓，幾處至今沒被搗毀的守護術法內，甚至可見當時天空城樓宇的模樣，但多半已陷入黑霧裡，遠遠望去只隱隱看見個大概。

也因此，我們居然奇蹟似地找到半個像是圖書館的地方，說半個是因爲這裡看上去像是撞魔神時被波及，一半圖書館區域消失，另外一半則固定在巨大的坑洞旁邊，那個巨洞往下一看什麼也沒有，呈現無盡虛空的狀態。

遺留的圖書館雖然外圍的守護術法遭到破壞，不過可能是重要場所，裡頭的守護術法多到可怕，即使撞掉半邊依然留存著極驚人的術法陣數量，庇佑圖書館在這漫長的歲月中沒遭到妖魔佔領。

我們原本還在想該怎麼進去逛逛、尋找線索，沒想到在大門口下鷹沒多久，圖書館大門陣法突然開了一小條足夠我們進入的道路。

「可能是流越的因素。」學長看著開啓的門扉，沒多加猶豫，直接帶頭進入。

我們這票人都經過流越的各種術法洗禮，身上多少帶著羽族的友誼印記，大概是這樣而被圖書館的守護陣辨認出來，將我們歸入友方，以至於後來行走在這處遺跡時，出乎意料地一路暢通。

不意外地，圖書館裡沒留下太多東西，重要書籍與卷軸都在萬多年前被搬空，僅剩些當年看上去不算重要的少量雜物，但也被圖書館本身的守護保存得很好，連點灰塵都沒有，學長他們在壁畫與記事石板上找到一些失傳的術法，仔細拓印好後準備回去收入公會。

我利用米納斯的特性快速以水流刷過圖書館一輪，發現底部還有地下室，不過沒時間進一步分辨，就全部印一份交給學長他們事後處理。

「沒寶藏的密室不是好密室。」西瑞在空蕩蕩的石架兩側走來走去，很嫌棄羽族沒留點驚喜給他挖，然後打算自己手埋一個大的，送給後來者。

爲了不讓羽族的名聲被某殺手毀滅，我連忙制止他這可怕的念頭。

「有時間搬家和沒時間搬家終歸不同。」見圖書館清理得這麼乾淨，其餘建築大概也只剩下空殼，不得不說那年代戰亂中可以用這種速度遷移也沒幾個了。

是做好隨時撞城的準備嗎我說？

「眞要說寶藏的話其實是有。」夏碎學長笑吟吟地走過來，手邊夾著幾張薄石片，大小很強迫症地被人手工削得差不多，但材質不太相同，可知製造時間應該也有差異。就地展開，每張石板都寫得密密麻麻，上下不留邊，背面也寫得滿滿滿的，六、七張裡只有一張是繪圖，與我們繪製的區域地圖有八成相似，地圖用很小的字在各處做上附註。「看來是那位最後的祭司在圖書館留下的手書，爲了防止外界有人誤入而製作。」

夏碎學長雖然也會一些古代文字，但羽族這種的還是有點辨識困難，不過老話一句，我們有個翻譯專用學長，撇除一些生僻字詞外，這些石板約莫可以解讀個七、八成。就如夏碎學長所說，這幾張石板大多都是危險區域的註解，包括祭司與留下的犧牲隊伍在各處封印的魔神血肉位置。

從記錄中可得知，魔神舍斯弭遭撞爛後，大部分軀體都被城市爆炸產生的毀滅能量與羽族菁英們剿滅，濺於城市裡的有一部分落地形成污染、長出肉芽，變成魔物與異靈，異靈在整座殘存城市封鎖前逃走了，而留在城市裡的其餘人將還在變異的血肉封印或就地消滅，殲滅數量不計，被封印的大大小小約有三十多處。

很遺憾的是，那些封印血肉我沒辦法吸取黑色能量，祭司的記錄上非常仔細地寫明那些物體已完全邪惡化，還標註若有黑色種族須謹慎處置。

但對魔龍來說應該很有用，這傢伙正發出蠢蠢欲動的信號。

為了防止這些石板落入邪惡手中，祭司並沒有寫出羽族駐地與安全地，只標示危險處，另外在北方的位置畫了一個翅膀標記，不知道代表什麼。那方向與「通道」位置一樣，不曉得是不是他們也注意到奇怪的空間通道，但並沒有由該處離開，反而是盡責地與邪惡對抗到最後。

「差不多就是這些。」學長見圖書館沒有更多重要資訊，加上米納斯也拷了一輪，以及我們還要尋找祭司最後使用的駐點，於是很快離開了圖書館。

畢竟我們還有個二十日之約，萬一此處的時間流速不同，恐怕會放二十七鴿子。

那時候就精彩了。

得到祭司的石板地圖後，我們對於整個區域勢力的分布有更進一步的了解。

雖然是幾千年前的記載，不過在這種封禁虛空，幾個魔將軍等級的存在都在沉睡，勢力多半不會變動太多，會變動的只有地盤擴張與底下魔物被殲或增強。

這樣就好躲危險區了，我把黑鷹外的污穢偽裝繼續加厚兩層，基本上飛在空中不會輕易被識破。

「比在瑟菲雅格島輕鬆多了。」夏碎學長看著底下飛逝的烏黑景物，感嘆。確實，在這裡我們不用特地探索也不須搜索生存者，有了黑暗力量驅使，簡直就像是出門郊遊。

西瑞都拿出零食在嗑，還問其他人要不要。

我閉上眼睛感知黑暗半晌，哈維恩與小飛碟沒有傳來危險或急迫，看來那端到目前為止都挺順利。

「你們上次也這麼無聊嗎？」西瑞抱著一盆洋芋片靠過來旁邊坐好。

「我寧可這麼無聊。」睜開眼睛，我注意到高空中有道很不明顯的氣流跟在我們旁邊，不近不遠，正好相距兩公尺左右。於是我向西瑞比個「噓」的手勢，靜心分辨。來者也是有翅膀的東西，但比我們乘坐的黑鷹大了兩、三倍，力量感被壓制過，呈現未知狀態，因此可知絕對不是低階魔物。

學長和夏碎學長也發現有東西靠近，兩人與我看向同個位置，西瑞則是呿了聲，做好隨時幹架的準備。

「你們繼續去找駐地。」水色小飛碟一直在學長那邊，我站起身，想想又掏一架小飛碟遞給西瑞。

「嘛？大爺要打架！」西瑞拒絕無線電，對外面的東西散發超高的好奇心。

「不是不給你打，外面污染值太高……」我突然想到這傢伙抗污染能力很強，心底嘖了聲馬上改口：「先出場的都是小角色，待會兒你們遇到的比較大隻你再去打，這隻先給我。」

西瑞用一種陰森森的表情看我：「你是不是想打完繼續跟在後面偷打？」

對欸，還可以悄悄跟在後面偷怪，這樣一來就可以防止西瑞又跳出人生道路。

「並沒有。」我十分心動，於是一本正經地回答：「你想想我們船上現在一個殘的，夏碎學長要保護他，當然只能讓你當底牌。」那個殘的當然是指精靈狀態的某人，說真的，我感覺他還是有想動手的意思……沒差，現在夏碎學長在這裡，打斷搭檔手腳這種事，當然就交給他搭檔。

西瑞勉強被我說服，收了無線電罵咧咧地坐回原位。

可能是對我現在的實力比較放心及這個場地確實對我更有利，夏碎學長與學長都沒有開口制止。

把黑鷹控制權交給夏碎學長，我走到鳥尾處直接向下跳，同時召來黑暗力量另外擬成一隻小一點的黑鷹，然後側飛出偽裝區域，稍微往不明物體處靠近。

「出來。」

沒打算和對方玩捉迷藏，我取出一柄斷刀纏繞上純黑力量，看著彼端那團不規則雲霧。

怎麼看都不自然的一坨東西緩緩散開，露出藏匿在其中的魔物——一隻高階女妖，一張淡紫色的豔麗面孔，覆滿紫黑色鱗片的女性身軀及下半身鳥身、雙手爲翅。

因爲對方沒有明顯敵意，似乎只是好奇，我也就沒有開場直接朝她來一記恐怖威脅。

女妖磚紅色的眼珠往飛走的黑鷹僞裝瞧了瞧，似乎喪失興趣，視線重新放到我身上，還詭異地嗅了兩下，露出狐疑的神情。「新鮮的氣味……妖師一族？怎麼進來的？」

「無意間踩到陷阱，不小心掉進來。」我盯著對方充滿好奇的紅眼珠，開口：「這裡是誰的地盤？」

「魔將軍，茶茲麗。您，以及您的同伴闖進茶茲麗大人的領域，目前茶茲麗大人正在沉睡、無法招待您，我爲守衛者。」鳥妖客客氣氣地回應，比起一進來就遇到的妄想吃大腿的魔物，她的態度簡直好到離奇。

「只是路過，我們正在探查此處，或許也會四處尋找離開的方式，這段期間不會主動攻打任何一個勢力，也不加入任何勢力。」大概可以知道鳥妖靠近我們的某些想法，我先行撇清關係。

「好的，請問您需要幫助或物資嗎？」鳥妖依舊霹靂無敵地客氣，甚至問出我沒想到會聽到的問題。

「暫時不用……妳想做什麼交易嗎？」這次換我疑惑了，不過既然對方主動開口提物資，大概是有所求。

果然，鳥妖露出討好的表情，「您身上，有戰場的氣味，如果可以給我一樣充滿香味的物品，我可以與您交換您的東西。」

我的東西？

我是真的被勾起謎之好奇心。

於是我在古戰場收集到的那堆東西裡翻翻找找，參考鳥妖眼睛發亮的表情，找到了一個看起來奇怪的物品，這倒不是我撿的，而是小喪屍，當我在被各種魔物毆打時，他偶爾會在旁邊逛來逛去拾荒——是個圓錐形的罐子，罐身上有獸王族的圖騰，小喪屍把一些撿來的魔物骨片塞在裡面加以封印，問過他，但也沒回我撿這個要幹嘛。

我一度以為是罕見魔物殘渣，他要收集起來當樣本，還暗暗想過他這個興趣大概可以和九瀾好好認識一下。

但他又說不是，後來整罐給我，還說如果沒有用處可以丟掉，我認眞想過他是不是看我打怪眼睛痛或是太無聊，手賤在撿垃圾。

圓錐罐取出時，女妖明顯亢奮起來，她抬起腳爪，黑色爪子握著一個水晶盒，卻怎麼看都不像我的東西。

「您身上有這個味道。」女妖注意到我皺起眉，連忙解釋：「您可以先看看，再決定是否交易。」

接住女妖拋來的水晶盒，盒子並沒有被封印，我打開看見裡面是一塊黑色金屬片，有點厚度，上面刻印奇怪的古文字，暫時不知道是什麼，但眞的有一點類似妖師恐怖力量的氣味。

「不行的話還有這個。」女妖可能以爲我覺得不夠，爪子張握了一會兒，又抓出一根斷裂殘餘半截的法杖。「其他人從白色種族手裡搶來的，是個祭司，我打贏了變成我的戰利品。」法杖隱隱蘊含一股很清澈的風之力，女妖在空中揮了揮，周圍毒霧被攪散一片。

「如果你有喜歡的白色種族，想搶回來，這可以當禮物。」女妖又加了一句詭異的說明。

綜合之前也有別人說過類似的話……是怎樣？看上眼後直接搶白色種族很常見？

總之我還是和女妖做了這單交易，女妖開心地給我她的聯絡方式，歡迎我們找不到出路可以偶爾來找她玩云云。

揮別友善的女妖，我重新用毒霧做好僞裝，乘著小黑鷹加快速度追上其他人。

大約也是想等我，黑鷹雖然遠離女妖的鎖定範圍，但不算跑太遠，沒多久我就重回大黑鷹身上。

「這麼快？」西瑞有點訝異，他覺得我眞的去幹架了。

「沒打起來。」將女妖的事告訴其他人，我把半截法杖交給學長，他現在就是個鑑定NPC，沒戰力只能擔當文職工作。

黑色鐵片學長也沒有頭緒，從刻文判斷似乎是某種靈魂法器的一部分，只能離開後再解析，我們轉向更容易辨識的法杖。

「是祭司法杖沒錯，但不知道是哪位祭司。」學長擦去半截法杖上的污漬，溢出的清風在周圍盤繞，驅散了惡臭的空氣。

「力量感還很強。」夏碎學長支著下頷，「能驅使的祭司必然有所地位。」

天空城對撞魔神那時不知道留下多少祭司掃底，雖然半截法杖蘊含的力量不弱，但也沒有強到如流越使用的那種等級，可能是輔佐大祭司的掌職祭司。

收起法杖，我們繼續向前。

又飛了很長一段距離，黑鷹開始接近那個白色力量聚集處。

❀

對黑色種族來說，白色種族的力量聚集處在漫天漫地都是黑暗的地方來說，真的很顯眼。

「左邊。」學長循著陸續出現的術法指向。

隨著越漸深入，大量術法壁依序出現在我們面前，失去了最後的控制者，這些無法再被修繕的結界壁外圍被衝撞得七零八落，到處都是斑剝殘留的碎片，有的還在掙扎著散發光芒，有的早已黯淡，而底部布滿死亡魔物形成的泥沼，毒氣蔓延侵蝕根部，從毒沼裡鑽出的小魔物群趴在下方啃食著術法殘片。

「至少七層的頂級守護結界、十多層剋魔大結界，小術法難以計數。」夏碎學長分辨著還完好的一些術法圈，不自覺發出惋惜：「這規模絕對驚人，製作者們都是一等一無法取代的高階術師。」

留下的羽族不害怕犧牲，但也沒打算白白浪費生命，至少很周全地製作了這個幾乎無法被攻克的駐地，直到最後一名倖存者躺下，核心結界依舊運轉。

「你們試試看流越的認證，我去箝制下面的東西。」再度分出小黑鷹，我看著下方又有魔物注意到我們的飛行軌跡，於是快速分頭行動。

這一帶都是小魔物和沼澤生出的小垃圾，所以要控制不難，主要是不讓它們把疑似有入侵者的訊息傳遞給其他大魔物。

閉眼坐在黑鷹身上，我捕捉成千上萬條魔物意識線，讓它們放空腦袋就地蹲下。

現在如果有人高空攝影，大概會拍到很詭異又滑稽的畫面——一堆奇怪的魔物蹲地發呆，有的還被沼澤淹回去，只剩下一串泡泡。

稍微過濾了半晌這些小魔物的記憶，沒有太多需要的消息，它們幾乎都本能地在破壞這些結界，這種本能基本上打從出生就刻在它們血肉、骨子裡，總之看到白色種族的力量物就前仆後繼想消滅，也不能說沒用，畢竟魔物數量很驚人，日積月累的衝撞與啃食，還是被它們破壞了很多外層術法，而主要的那些大結界則是被大妖魔們撞毀的居多。

大妖魔撞久了感到無趣，加上最後一位祭司亡故後，再沒有白色種族能產生威脅，那些握有地盤的大妖魔也懶得耗時間撞核心結界，陰錯陽差地保留至今。

等了有一會兒，我已經無聊到控制兩隻小妖魔玩起黑白猜，左右甩巴掌，約莫十二輪後腦袋裡才傳來魔龍的轉接線。

「小孩們找到進入的方式了。」魔龍對我的魔物黑白猜不予置評，甚至感到有點智障。

我對魔物們發布新的命令，讓它們手牽手原地跳大腿舞，之後才截斷聯繫，調動黑鷹飛往學長他們的方向。

同樣看見下方魔物群開始跳起不堪入目的大腿舞，學長看我回來時表情整個無言，但又說不出可以讓魔物幹嘛，乾脆就跳過奇怪的話題。「流越給的印記有效，祭司法杖也有效，加上精靈術法，應該可以進到駐地。」學長面前三、四個術法圖相接在一起，組成一個類似門般的輪廓，正在緩緩開啓。

與孤島那時的生命樹不同，層層結界後，我們見到的是最普通不過的建築物，一座九層高的石塔，周邊一圈是早已沒有植物的花園，幾棵與塔同高的大樹不是焦黑枯死，就是倒在地上，徹底感受不到裡面有任何「活著」的生機。

降落到花園，我收掉黑鷹。

守護結界裡的空氣挺正常，至少比外面好很多，撤掉身邊的防禦術法也不用擔心中毒。

花園裡面可以看見不少排列整齊的石碑，約莫五十多個，依舊是那種強迫症的手法，所有石碑不論大小、材質，幾乎一模一樣，就連插的位置都仔細到像用尺規測量過似地，絲毫沒有偏移。

石碑底下並沒有屍體感，比起埋葬，這些石碑的作用似乎只是記錄每一個犧牲者的生平，各種破碎的兵器被端正放置在碑前，以術法保存，可以想像得到製作者曾站在這些石碑前爲他的同族們一一獻上祝禱與告別的模樣。

我很快在前排找到半截法杖的主人，石碑前有另外半截，散發同樣的清風。

這是一位專長淨化的祭司，根據碑上記載，死於距今約五千多年前，擊殺了近千的中高階妖魔，他的法杖在製作時融入了罕有的神族淨化石，死亡前法杖折斷，然而淨化石效力仍在，最後的遺願是將法杖交給羽族後裔，由狄美洛索特的後代傳承下去。

粗略在周邊石碑掃了幾眼，基本上武器有特殊作用或材質的羽族似乎都希望可以把武器交給族人，或是傳承，或是武器煉化、重新使用。

「離開時一併帶走。」學長想了想，說道：「羽族的遺軀和魂體若是還保留著，也想辦法送離。」

我們都知道羽族和時族一樣，屬於特殊死亡模式，所以可以理解學長的用意，如果這些犧牲的武士或術師們還在，將他們送回羽族沉眠是最好的選擇。

雖然可能性很低——他們戰死在外、甚至被妖魔吞食身軀魂體的機率更高。

嘆了口氣，學長搭著夏碎學長往石塔走去。

而這次，我們幾乎是立即就找到新線索……應該說，對方就在石塔的大廳等著我們。

推開石塔大門瞬間，塵封已久的大廳中央佇立著一抹如同古老幽魂般的白色身影，原本應該雪白的羽翅與他的身形模糊半透。

「歡迎……我們的同族血脈……或者聯盟訪客……」

第六話　獵日

打開門前我們沒有想到居然還會遇到羽族倖存者。

應該說，僅存的一縷意識留影。

可能在我們進入那十多層銅牆鐵壁時，啟動了大廳裡的術法，石製的白色地面有著銀光流動的青藍色陣法，氣流自中心捲出，掃去地面寂靜千餘年的塵埃，並置換新鮮空氣，似乎是曾在這裡的主人們最後一點的待客之道。

半浮於空的羽族身著白色斗篷，與流越的祭司袍有幾分相似，制式衣袍與斗篷上都有一些象徵身分的精緻花紋，大張的白色羽翅毫無瑕疵，即使半透明又帶著些模糊，還是可以想像出全盛時期這雙翅膀折射著陽光，在藍天白雲下熠熠生輝的模樣。

羽族持著術法杖，斗篷帽罩住他的半臉，只露出白皙漂亮的下巴與淡色的唇。

這位應該就是那名可能有點強迫症的大祭司。

「獵日大祭司。」學長做了個精靈們鄭重行禮的動作，夏碎學長隨後跟上。

……等等哪來的名字？

我按著西瑞一邊鞠躬，一邊問號。

「石板上有署名。」米納斯連忙提示：「圖書館裡不少記錄都有，牆上敘事史包含了歷代祭司的名錄，獵日大祭司是天空城最後幾代中，戰力極爲強悍的祭司之首，也是這位主張追捕舍斯弭藏匿在時空中的潛行軌跡，並設置在對方出現的同時利用天空城爆破撞擊。」

了解。

凶殘大白鳥。

意識留影並不像殘魂那麼人性化，畢竟沒有直通靈魂，所以留影大多的問答與訊息都是之前被設定好的，有點類似先前在千冬歲他們禁地那邊的龍神幻影。

「看來諸位是聯盟訪客，吾等設置於外的術法可辨識盟友印記，順利到達吾之面前者，必定擁有某位祭司階級同族的極度信任。」大祭司留影停頓了數秒，下方陣法圈幾個術法框忽明忽滅，似乎正在檢查我們幾人，一會兒後又開始說道：「精靈、妖師、獸王族與人類，歡迎幾位羽族之友到來。很遺憾狄美洛索特無法以最美的姿態招待各位。」

「天空城都狄美洛索特在追蹤到魔神『舍斯弭』的行蹤後，吾等按照穿梭時空引起的波動與軌跡推算出魔神即將現身處，爲了防止魔神再度屠殺生命，狄美洛索特決意撞擊魔神，並引爆島上所有能量，即使無法殺死魔神，也儘可能要將魔神彈出此界，或撞入時空風暴，藉此拖延更多時間，讓自由世界更有餘裕準備迎戰。」

「吾等帶領菁英隊伍留守天空城都，狄美洛索特的能量雖然足以傷害魔神，但城都原本具有的守護陣極強，難以在最短時間內移除，天空島的爆破被計算出不會完全毀滅城市，吾等將守住最後一道防線，將有可能出現的變異完全封鎖在殘城裡，並加以殲滅。」

「這段漫長的歲月裡，吾等盡力將所見魔神殘留物大多消除，超乎能力部分只得加以封印，然而異族與妖魔不斷撕裂時空闖入，最終吾等不得不切割空間與切斷時空連繫，徹底將殘城封鎖在獨立空間裡，與外世隔絕。」

「然而，舍斯弭的血液污染周邊空間，引發難以排除的扭曲，因此時空風暴裡擁有一條無法破壞的『通道』，幸而通道並非常態出現，經由吾等追蹤記錄，判定通道每隔千年出現一次，每次三日，每日半個小時，吾等可以用術法加以隱藏，或是干擾本地魔物闖出，但無法限制外界闖入。」

「吾等不斷作戰……直到所有同族殞落，最後終於剩下吾之殘靈。」

「吾引導外界冒險者，將吾之殘靈製作成生命術法獻祭，終於徹底隱藏本地對外通道，不再讓通道顯現，但依然存在外界誤入的可能，吾想幾位應該就是因此到來。」

「在吾的意識完全消散之前，吾封閉此處，以此守護戰士們殘留的英靈與身軀，雖然也僅僅剩下寥寥之數，但吾等期望戰士們能在安穩沉眠後，再度於自由天空下相聚。若幾位羽族之友願意給予善心協助，請將狄美洛索特的戰士們送至其他羽族大祭司身邊，進行送別詠唱，令戰士們可擁有安穩的沉眠。」

「吾已將狄美洛索特的聖樹與戰士們置入轉移空間，本駐地所有能量來源為塔頂的祭司權杖、斷罪刀焚業、火精靈聖弓、人族聖劍，一旦移除，駐地所有術法、陣法，將在邪惡勢力襲擊下面臨崩解，封鎖殘城的陣法能量是由英靈獻祭而成，不受影響。」

「若諸位願意代為保護戰士們直至重回羽族，請將祭司權杖交予彼位大祭司處置。另外三樣，建議焚業交由妖師、聖劍交由人族、聖弓則由精靈帶回較佳，轉移空間存於塔頂，離開此地的方式一併封存該處，即便諸位不願意協助，也可使用該方式離開本地。」

「獵日祝願諸位羽族之友，在自由大地永恆奔馳，不再受到異族侵害。」

大祭司說完留言後，白色的身影再度沉默。

青藍色的陣法與白影淡去許多，似乎即將重新休眠，不過按照他剛剛所說，如果我們拔走那堆聖物，這個留影陣法應該也不會繼續存在就是。

雖然我們原本就打算把殘魂等等都帶回，但沒想到大祭司已提早做好準備，這麼一來，所有問題都變得非常好處理，只要想辦法把外面的石碑和遺物塞進大祭司預設好的轉移空間就可以了，真不行我們幾人分一分也可以塞進各自的儲物空間。

接下來就是盡快去收集那些石碑與遺物，分裝打包。然後大家一起上塔頂，果然看見四樣聖物就立在層層疊疊的陣法裡。

其中三樣散發著強烈的白色力量，比較意外的是旁側的黑色長刀焚業，居然是一把充滿濃厚黑色力量的武器，難怪留影會指名可以給妖師。

「要保留這裡嗎？」夏碎學長看著面帶遲疑的學長。

「嗯，外界找到方式可以進來的話，或許在這裡做好媒介，之後交由公會聯繫時間種族，與聯盟軍一起協助進行後續清理。」學長考慮了一會兒，告訴我們他的想法：「外面的結界與術法毀損大半，核心術法與陣地結界收縮後，應該可以留下聖弓與聖劍繼續維持。」

學長不打算讓這塊駐地在我們離開之後被毀掉。

「刀也留下來如何？」我可以感覺到黑色長刀在陣法裡的主要作用是吸取滲入的毒素與渾噩力量，具一定減緩陣法被侵蝕的效果。

「可以。」學長點點頭。

帶一柄權杖給流越當伴手禮也不錯。

反正公會牽頭清一座孤島也是清，再加一個天空島似乎還行，一回生、二回熟，以後就可以用這個模式專門清理被封印的污染地。

突然幫公會開闢新業務了呢。

學長他們致力於修改塔頂的術法與塞東西時，我和西瑞因爲沒事幹，又各自在駐地到處閒晃，看看是否有其餘漏失的事物。

繞回大廳，我見大祭司的留影依然在……所以爲什麼這麼久還沒休眠？

我有點狐疑地靠近大祭司，發現留影的視線居然也重新放到我身上。

「呃……是不是還可以問問題？」不知爲何，我隱約覺得應該還可以做其他詢問，不然按照大祭司好像有點強迫症的性格，似乎不會讓留影繼續擺在這裡浪費能源。

果然，大祭司溫和地開口回應：「想問什麼呢？」

「有一種長得很像病毒球的魔神……啊，降臨在草地鎮的魔神一事您清楚嗎？」不知道獵日大祭司和我祖先哪個比較老，我嘗試關鍵詞搜尋。

獵日大祭司沉默了半晌，不知道是在思索還是調動術法貯存的訊息，過了一會兒才說道：

「草地鎮降臨的魔神，屬性『憎恨』，愛好屠殺與血腥、痛苦、哀號。由妖師總首領帶領緊急聯合隊伍在草地鎮圍堵並加以擊殺，然而魔神無法抹滅，只能將生命核、意識體等等重要部件分別封印。」

居然是知道的！

我突然感到很心酸，原來不是沒有人記住他們。

可以傳至天空城，看來這件事應該被傳唱得很廣，還有許多人知道他們，知道曾有很多不同種族因抵禦魔神而亡，可能在某些古老種族的歷史記錄中還留有這麼一撇，甚至是……他們的名字。

「妖師總首領在移交職權後亡故，同日，星辰精靈祭司同時身殞，至此草地鎮緊急聯合隊伍無一倖存。」大祭司的語氣有些遺憾，覆蓋白色斗篷帽的腦袋微微低下，唸了幾句祝禱詞。接著再度說道：「草地鎮魔神危險係數極高，雖後續有各大種族加以清除、封印，陸續付出大量生命，但依然有掙脫可能，若是碰上，最好盡快撤離。」

碰上了，而且還抽了它的能量來用。

我咳了聲，還好不用向留影解釋太多，不然我感覺會被大祭司一法杖打過來。

說起來，魔神有屬性的分別？

「舍斯弭是什麼屬性的魔神？」我想想，再度發問。

「吞噬。」獵日大祭司張了張白色大翅膀，「吞噬魔神——舍斯弭，擅於掠取靈魂與生命及其所有的思想、記憶，加以吞噬化爲能量，吾等觀測到舍斯弭時常進入沉睡，推測是消化這些掠取物所需。」

「吾等在撞擊魔神後，發現舍斯弭的血肉有部分化爲噩夢幻境，誤入者將會被消磨掉靈魂，成爲魔神的一部分，而該魔神的異靈也擁有類似的吞噬能力。」

「舍斯弭也封印在某個地方嗎……」既然草地鎮的魔神生命核可以挖得出來，我總有種不算太好的預感。

這時突然想起之前流越他們提過目前所知魔神封印處的話題，他們顯然不太清楚草地鎮魔神生命核的封印處，看來現代所知的魔神封印應該是魔神本人靈魂、意識體之類。

「吾等撞擊時篩選過地域，撞擊處擁有上世界光族遺跡，吾等同族藉由光族遺跡對魔神意識體加以封印成功。」獵日大祭司補充。

這個光族好像很常聽到，雖然是上個世界爆炸的白色種族之一，留下的東西卻不少，深以前就種過光族的樹。上回我們在地底找到米納斯的心臟，同時出現的異靈也是被光族的金雨花埋掉，不得不說這個種族雖然已經成爲歷史，卻還一直持續創造傳說。

想到這點，我順口發問。

「光族在新世界之初留下許多抵禦邪惡與黑暗的物件，以植物居多，當時許多術法與治療醫藥都與光族留下的部分植物、法器相關，可惜因世界環境與元素不符植物生長需求，光族的植物越漸稀少，許多罕見術法和醫療也因此消失。」大概是說到他的知識點，獵日大祭司侃侃而談：「狄美洛索特也保留許多光族種子，遺憾的是十之八九無法復育，但聽聞阿斯蘭聖者曾培育出一些，部分輾轉交由水族與千眾研究……妖師小友，千眾一族如今是否已研究出更多治療扭曲傷害的方法？」

沒想到會猛地聽見千眾一族的相關，我錯愕了半秒，迎上留影的目光。留影很平靜，他並不是真實靈魂，沒有求知慾，這個發問只是真正的獵日大祭司內心念想，即使我回答了，他本人也已經無法得知。

「我不太清楚，但千眾一族掌握過很多特別的治療扭曲毒素的方式，可能有關。」即使如此，我還是回答留影。

獵日大祭司點點頭，「極好。」

等等，所以千眾一族其實有用過光族的植物入藥……這樣那些藏起來的治療藥方裡，搞不好也有些得和光族植物搭配，看來未來研究藥方還得找各種取代物了。

不過這個光族……到底有多強？居然在經過黑暗末日和世界重組後，還可以留下不少東西給新世界？

「漾～」

西瑞從外面走進來，看見我站在大祭司前，他微微挑眉。「你在幹嘛？」

「問獵日大祭司一些事情。」我看留影又陷入了沉默。學長的考量是對的，這裡確實不能任由銷毀，看來獵日大祭司在這裡留下的資訊量超乎我們想像，恐怕還可以進一步得到更多古戰場的斷層歷史。

仔細想想，他們在這裡與妖魔對峙的時間遠比流越更爲長久，會在幻影裡預存許多資料似乎很正常，畢竟不出戰、也沒進入沉睡休息時，還是會做些事情消磨時間，現在看起來，大祭司就是做了石板記錄與幻影留存。

換句話說，他很可能用了幾千年做了一本留影版的簡易百科。

「那換本大爺。」西瑞立刻跳到大祭司面前，興致勃勃地發問：「最強的傢伙在哪裡？本大爺要去幹他！」

「……」還沒死心啊喂！

留影似乎淡淡笑了聲：「吾不建議獸王小友無意義浪費時間，天地之廣，諸位應離開此地在自由世界遨遊，在此處尋找對手，毫無必要。」

「嘖，你這傢伙也是個無聊人。」西瑞很不滿留影的回答。

「或許吧。」

大祭司含笑應聲：「但吾可以告知獸王小友，外界某些強大戰力種族的戰士沉睡於何處，或許某天小友們碰上時可以喚醒他們，探討一二。」

……？

等等，這個大祭司是不是哪裡不太對？

這段話潛在意思不就是——我告訴你以前強大戰士都睡哪裡，你可以去把他們挖出來打？

不是我理解錯誤吧？

好不容易把蠢蠢欲動、想編織挖人未來的西瑞，從蠢蠢欲動、想描繪地圖陷害別人的大祭司留影面前拖走，我們重新回到塔頂。

這時學長與夏碎學長已經把殘剩的武器與碑文都塞進球狀的移動空間裡，承載聖樹的球體相當眼熟，與孤島那時流越使用的很相似，都是可以隨身攜帶跑路的類型。

支撐駐地的主要陣法改動了些，學長打算剝除外面被破壞、無用的術法壁，然後架上新的取代陣法與幻境，儘可能縮減需要的能量，達到取走祭司法杖的目的。跑出去前我將魔龍與米納斯的化影放在這邊，有他們協助，學長兩人會事半功倍。

我把樓下大祭司留影含有巨多訊息的事告訴兩人，只見學長微微挑眉，夏碎學長則是露出深思的表情：「原來如此，看來我們通過考驗了。」

「考驗？」我和西瑞面面相覷。

「我們原先有兩種選項，一是帶走這裡的所有聖器，讓駐地崩潰，這麼一來獵日大祭司所設的各種術法與遺留物也會隨之消解；二是我們現在打算做的，只帶走祭司法杖，想辦法留下這個駐地，讓公會介入。」夏碎學長見我們不太理解，微笑地豎起左右食指，解釋道：「但對我們而言，知識遠比聖器重要，況且是一位擁有豐富知識與歷史見聞的大祭司所擁有的全部記錄。」

我懂了，如果我們選擇一，帶走的就僅僅只有兵器，獵日大祭司製作的這個巨大資料庫留影就會跟著駐地一起永遠消失，更別說他還知道許多斷層歷史及現代未知的各種術法，價值根本遠遠超過那些兵器。

獵日大祭司實際上並不希望駐地消失。

來到此地那時我也見過留影的術法陣，是個無法隨意移走的術法，下方的啓動陣法與駐地陣法連結在一起，隨便拆解會立刻崩掉。

所以大祭司真正的訴求是像學長他們現在正在做的，保留駐地，如孤島的後續，想辦法慢慢清剿外頭殘留的妖魔鬼怪——他在等待新的可能、新的人，替代亡者消滅封鎖在這裡的邪惡，避免失去守護者的封禁之地某一日被破解，藏於此處的妖魔鬼怪與魔神血肉徹底解放。

這樣，外界才有資格繼承大祭司留在幻影裡的龐大資訊，以一換一。

「原來是個狡猾的傢伙。」西瑞嘖了聲，完全忘記剛剛他還和人家在那邊想要合作襲擊沉睡的古代戰士。

「沒關係，反正原本就預計這麼做。」學長倒不覺得有什麼問題，既然本來就做了選擇，多個巨大資料庫也就是錦上添花罷了。

我也很認同這個做法，獵日大祭司這麼做並沒有錯，他們拚死拚活爲了整個世界，不惜爆掉天空城都要搞掉魔神，甚至整支菁英隊伍放棄生存，硬是在這裡與妖魔鬼怪周旋數千年，承受的痛苦與壓力無從說起，即使外界可能不清楚這些事，但知道之後，難道就可以白白享受大祭司留存下來的諸多好處，然後視天空島內的混亂不顧嗎？

如果是這種人，給四把兵器都是浪費。

「心眼多的鳥毛小傢伙。」一邊的魔龍參與了一句，被我白了一眼。

兩位學長接著更改術法陣。

獵日大祭司的留影兩小時後終於休眠。

青藍色的術法陣安靜了下來，等待下一次的觸發。

我蹲在一邊看學長們與魔龍、米納斯整頓駐地術法，邊聽他們討論與講解，同時取出一架小飛碟聯繫無線電另一頭的哈維恩。

夜妖精顯然不算順利，過了一會兒才接電話，透過小飛碟接到我的顱內聊天室，回報了下狀況。

那條通道雖然被獵日大祭司等人隱藏、破壞掉，但大多魔物似乎不曉得這件事，它們只認爲是時空風暴把通道吹散了，附近盤踞各種虎視眈眈的勢力，等待哪天外接通道突然重開。

哈維恩在探索時被高等妖魔發現蹤跡，纏鬥了一會兒，後來找到個藏身的地方才甩掉緊追不捨的妖魔。

「只是輕傷。」夜妖精乖巧地報告傷勢。

聽他的聲音與小飛碟私下傳來的聯繫，我確定他眞的只是輕傷，於是沒多說什麼，也告知對方我們這邊的狀況。「大祭司所說的逃離點應該就是那個，有相應的準確座標，你要先回來嗎？」既然已經得到地圖與駐地，探索可以留到未來。「學長把我們的個人訊息載進駐地陣法中了，你可以直接進來。」

說起來，哈維恩身上也有流越放置的印記，搞不好其實也可以在很多地方隨意來去自如。

我將這件事提了下，夜妖精很快回覆：「嗯，我有發現，流越的祭司印記可以在不少地方通行，但遺跡裡大多空置，只拓印了些許記錄。」

做的事情與我們這邊差不多。

「另外，有幾處比較特別的地方。」哈維恩頓了頓，「有一些種族行動的標記，可能是後來協助封鎖通道的那些人，在這附近很多，有些指向安全處，我這裡也是。」

「冒險團留下的庇護吧。」這不算奇怪，可能那支冒險團實力強、比較好心，不然換個缺德點的大概就會四處亂挖坑給人跳。

「你還好嗎？」

夜妖精突然問了這麼一句。

我約莫空白了五、六秒，接著才笑了聲：「沒事就回來集合。」

學長他們還缺人手幫忙修改術法呢。

※

哈維恩大概是幾小時後進到駐地陣法。

還帶了土產。

「安全點有封印食物。」夜妖精提著一個謎之布包，打開後裡面還眞的是好幾塊乾糧。

「能吃嗎？」起碼三千多年起跳的食物喂！總之我是不敢吃。

「可以吧，這玩意有凍結術法，不會變質。」西瑞敲開一塊直接往嘴裡丟，然後嚼幾下。

「甜的。」

不得不說製作安全點的人眞的良心。

哈維恩被學長拎去幫忙修改術法了。

我突然想到一件事，先跑去向哈維恩領取保管物，接著回到一樓重新觸發了青藍色陣法。

「怎了？」西瑞跟著蹦下來。

獵日大祭司的留影再次出現於我們面前。

我抱著從白楊鎮那邊取得的長條物品遞向對方：「請問可以拆解這個嗎？」

突然想起這個駐地術法應該與外隔絕，而天空城本身又卡在虛空裡，似乎可以在這裡解開試試。

獵日大祭司垂首觀察了好一會兒才輕聲說道：「精靈術法、妖師術法……存在於此的為吾之留影，不具備拆解的力量，但吾可以指導你們解開。」

我和西瑞互看一眼。

「搞開看看。」西瑞慫恿。

「似乎是一件留予故人的物件，小心點便不會危險。」大祭司從空中飄下來與我們同等高度，我發現他居然還滿高。其實流越也不矮，但他常常做出會變成一團的事，偶爾會忘記他的實際身高。

小心翼翼按照指示把布條放在地面，我和西瑞取出元素水晶依照大祭司的教學在地上畫術法陣，難得西瑞這麼老實幫忙搞這些東西，往常他可能尾巴一甩，直接跑到旁邊擺爛看戲，打死不想進行學術學習。

為了方便我們發揮，大祭司很貼心地使用黑色種族佔比較多的術法陣，最後手把手地讓我們順利在地上繪製出一個暗金色的小型術法，我灌入力量後驅動術法陣，接著開始在陣法上拆解這個炸彈……這個封印物。

封印物包得很嚴實，上面有好幾個連鎖咒術，意外地，我拆開第一層後感受到了熟悉的氣息，那是跨越悠久年代的殘存力量。

總感覺我隱約猜得出這是什麼了。

布條拆完後，裡面是個長形的薄木匣，雖然手工精緻，但選材有點普通，看來製作時很急促，沒有給製作者等待材料的機會，上頭有精靈封印，也是很熟悉的力量感。

最後我打開木匣，看見躺在裡面的斷刀。

雖然已經折斷且大部分都碎裂，但纏繞在上面的恐怖壓迫力依舊，即使主人早已逝去，留下來的氣息同樣霸道。

原先斬過魔神的污染被抹除，斷刀本身相當乾淨，連同碎片被排列得整整齊齊，以術法依序一片片固定好位置。

「此爲留給後輩的紀念。」獵日大祭司指著木匣裡刻畫的精靈文字，翻譯：「一位無具名的星辰精靈代爲製作，他們希望接收者可以獲得更多的勇氣，不負等待他的人。戰場與世界殘酷無比，但信念如星，不被黑夜消抹，繁星永綴於天，我們始終都在。」

我眨眨眼睛，感覺掉了一滴水珠在斷刀上。

壓迫感極強的殘存氣息微微轉繞個圈，回到破碎刀身靜靜地棲伏。

按照教學，我們重新把斷刀的匣子封印回去，然後把刀收進術法空間中。

「如果你需要鑄造特殊刀具兵器，或許可尋找妖師或黑色種族鑄劍師，這把刀是由妖師自製，吾可感覺到鑄造它的人極為強大，上面附著的術法與力量很難被白色種族鑄造師有效運用。」大祭司貼心地提供意見。

「暫時不需要，謝謝您。」將地上拆解用的術法收進水晶，我真誠地向大祭司道謝。

「……你是相當有意思的孩子，若是本體在此，應該會認為很有趣。」

這是什麼奇怪的評價？

搞不懂。

※

又過了幾個小時，學長們終於完成整個駐地陣法的變動。

不得不說已經挺快了，幸好有大祭司的留影與預先留下來的資料輔助，否則這種海量古代大型陣法大概要關N久才可以改好，搞不好我們出去都已經是十年後了。

我看學長他們做完後直接在原地累到不太想講話的模樣，魔龍和米納斯更是很快鑽回幻武石。

嗯，是極度耗費精力的工作。

「……？」等待其他三人調息之際，我突然感覺到有股很強的污穢壓迫感朝駐地方向靠近，速度極快，幾乎短短數秒就砰的一聲巨響，砸在學長們剛修復、整理完的完好結界壁。

「打架？」一直沒打到架的西瑞終於按捺不住，開始磨蹭爪子。

「打架。」我朝他點點頭，轉頭看見學長三人抬頭正要起身，我順手甩個黑色力量，蹦出去的三條粗線直接甩到他們身上，把人固定在原地，同時收到三記瞪視。「你們休息。」一堆傷兵殘將還在那邊逞強。

「漾～快來！」西瑞秒衝下樓梯，只剩興奮的聲音留在空曠的空間。

我跟著跑下去時，意外看見西瑞居然在門外返回獸王族的凶獸形態，高昂的頭顱極帥氣對我揚了揚，「上來！」

抓住凶獸的毛草，我三兩步竄上巨獸背脊。

「最大那隻是本大爺的！」歡呼了聲，西瑞倏地衝出駐地結界，急速引動一連串劇烈的音爆，眨眼狠狠撞擊到結界壁上那頭同樣巨大的漆黑物體，並且把對方撞出超遠距離，地面刮出兩條又粗又長的深溝，還一路把閃避不及的小魔物拖曳、碾成肉醬。

雙方衝擊瞬間我鬆開手，設下保護結界並旋身往後翻，散出剩下的幾架小飛碟，擬出黑鷹接住落勢，轉頭抽出槍枝朝旁邊撲過來的魔物就是一槍。當時分裂的幻影槍還沒徹底定形，我就將它暫時捏為電影經常看見的沙漠之鷹模樣，右手槍轉為二段狙擊槍，朝更遠一點的妖魔貫腦。

「魔將。」米納斯快速提示被西瑞撲走的巨型妖魔等級。

沒差，那傢伙鬼王都在踩，區區一個魔將。

那另外一隻魔將……

我偏過頭，看見站在不遠處前方的人形魔將。雖說是人形，但下半身依然是比較扭曲的昆蟲形貌，甚至上半部也還有點類似鍬形蟲的大顎，大概這個人類外表是臨時搞出來。

「說話。」斜了眼遠方，西瑞和那隻巨獸鬥得不相上下，沒有落敗的趨勢，我便專心把注意力放到面前魔將。

「我們需要……茶茲麗……同樣的……」詭異的魔將發出嘶嘶聲，乾脆用精神對我發出訴求。

茶茲麗？

啊，交換斷杖的鳥妖侍奉者。

「滾。」先不說交換，這幾個傢伙態度一看就是想要白拿，而且還撞駐地結界，根本是要強搶吧。既然這樣我就不客氣了，捲出恐怖力量直接向蟲身魔將對衝，然後趁隙反噬精神連繫。但也就是這個舉動，竟讓我看到對方記憶裡極度令人吃驚的畫面——

重柳在一望無際的冰原走動。

不是我所知的那個人很多年之後的模樣，而是比現在小了許多歲的外表，可能是年紀小，身體與五官還未完全長開，跟後來的樣貌差異有點多，讓人感到略陌生。必須感謝這隻魔將的視力不錯，可以看得出來當年還不是魔將級的魔物躲得相當遠，幾乎是在另個山頭觀察那名外殼約莫十四、五歲的少年。

當時的重柳不像現在一樣全身包得快接近木乃伊，至少走一段路後他還會拉下斗篷帽，細細感受環境帶來的自然氣息。

那張臉上已有隱隱的刺青，澄淨的藍色眼睛裡一如往常沒有過多情感。不過經歷戰場日夜共度的那段時光後，我大概可以看得出來他現在表情的意思——這傢伙可能在找路，簡單地說，不是沒來過這裡就是迷路了，所以一臉空白迷茫。

人也不是一生下來就萬事皆知，之前在戰場就出現過這種狀況，我原先以爲他是在裝高深，結果幾次後注意到他是搞不懂在裝死，具體表現在我擺爛休息順手操控魔獸原地跳騎馬舞、他不理解我在幹嘛的時候。

好的，這隻魔物觀測到重柳在一片寒冰原野迷路……或找路。

感受到重柳帶來的威脅，魔物並沒有靠得很近，只遠遠跟著走了段路，幾分鐘後重柳倏然失去蹤影，魔物一頭霧水，隨後被猛地出現在自己身後的重柳打得屁滾尿流，拋棄一半身體才逃出生天。

……

……

不能多支撐一會兒嗎，小廢物！

好氣！

我一個火大調動很強的恐怖力量把蟲形魔將撞出去。褲子都脫了給我看這個！馬的詛咒你以後一天要摔三頓，外加宵夜摔兩次！

然後再把魔將拖回來，來來回回刷了幾次重點記憶，真的就只有這麼一小段，臭魔物後來因爲恐懼被打，所以沒再去過那片冰原，我刮不出來確切的座標點。

魔將被我反覆搜記憶的動作搞怒了，整個暴起變成三層樓高的巨蟲，兩隻鐮足左右打下，將地面打出兩個大洞。

至此，不存在的談判破裂。

雖說可打，然而魔將級妖魔實力還是擺在那邊，無法很輕易就把他們毀屍滅跡，最後我和西瑞分別將魔將趕跑，外加堆疊一堆詛咒debuff之後，終於脫身回到駐地結界裡。

這頭的學長幾人已拆掉束縛，除了夏碎學長外的兩人果不其然都一副要把我喀嚓的表情。

「好了好了要習慣。」夏碎學長拍拍學長的肩膀。

「……」學長揮開友人看好戲的爪子。

如同我先前時不時期待夏碎學長揍學長，夏碎學長現在看起來也很像要搞事。

「可能待會還有其他的妖魔鬼怪會衝過來。」雖然不知道那隻鳥妖是怎麼暴露了我們的交易，但我有種預感，事情不會這麼快結束……再讓我看到一次那隻蠢鳥，我絕對捶她。所以小喪屍撿的那罐東西到底是什麼？爲什麼會引起兩隻魔將這麼迅速飆過來？當時他說可以丟，還以爲沒什麼特別用途？

「先離開。」學長等人點點頭，回到正事上，稍微了解過外頭那些妖魔的來意，他們不約而同開始收拾物品。

已有逃亡的方式和位置，只要重新封閉石塔和駐地即可。

哈維恩從通道處離開前在安全點設好了臨時傳送術法，可以用個一、兩次，我們能用最快的速度離開駐地點，順便引走其他即將到來的妖魔鬼怪。

我們互看了眼。

「閃人。」

第七話　冰原

因爲有孤島的經驗及哈維恩先行探路，我們按圖前往通道處順利許多。

當然升級前跟升級後確實是有差，魔將級之下的魔物基本我都可以想辦法在那些東西靠近之前先將它們固定在原地轉圈圈，這讓撤離之路變得更加輕鬆。

「你還好吧？」

爲了移動方便，我們把學長塞在我捏出來的黑獅子身上，基本不用他自己扛著衰弱的身體走路。

「嗯。」學長朝夏碎學長點點頭，接著一邊指導我們怎麼設下不會被妖魔探查出來的特殊座標點，並在上面布置精靈術法二度遮掩。我們打算從這裡到通道內都儘可能多設置些座標，以方便公會與高等精靈族之後和時間種族溝通，可以循線重新找回來。

僥倖的是，出門前哈維恩做了各種準備，除了藥物外，還帶有大量貯存精靈術法的水晶給學長塡補消耗，這些罕見水晶全都在石塔內被拆解重製成標記物，讓我們只要拿著水晶在指定地點插好就行了，不用一個個繪製陣法。

感謝天、感謝地，感謝一個萬能夜妖精。

果然旅行最重要的就是一起旅行的夥伴，好的旅伴會讓你上天堂，糟糕的旅伴會讓你就地陣亡。

安全點的位置比預想的更接近通道處，我們在那邊休息一會兒，順便放置新的補給物並加個保鮮封印，以利安全點永續經營，雖然不知道會經營給誰就是。

很快地，在黑色力量的掩護下我們靠近到通道處，看起來什麼也沒有，只是個很普通、充滿毒氣的沼澤的旁側，但周邊有許多妖魔鬼怪埋伏的氣味，大小都有，光是魔將級就有兩、三個，更別說底下的各種妖魔或魔獸，層層疊疊、幾乎可以用極限千層蛋糕來形容，這些東西聚在這裡就是在等不定時的時空通道出現，好第一時間從封閉空間衝出去。

或許裡面有的知道隨機通道已經被封起、有的不知道，但不影響他們在這裡蹲等。

想想，一堆妖魔鬼怪居然內心抱持著「期待」這種光明的情緒，莫名有點喜感。

「……？」突然連繫到一道沒有特別惡意的意念，我挑起眉，撥開周邊一大堆烏漆墨黑的陰暗咒罵，接通那個聲響。

側聽了一會兒後我抬起頭看向學長等人。

這是來自先前鳥妖的通訊，本來我還想捶她，沒想到她自己上門了。鳥妖階位比我原先預估的高很多，我原本以爲按照她的實力可能最多是個高等魔兵，雖是高階，但並不到小將領那種層次，沒想到居然是個魔將軍心腹。

讓我意外的還有另件事情，就是那個骨片罐罐鳥妖並沒有自己使用，而是用在她效忠的魔將軍身上，罐罐裡富含的妖魔氣息治癒了魔將軍部分傷勢，於是鳥妖重新找上門來談合作——

「茶茲麗大人希望與您達成一些微小的交易。」鳥妖依舊是很禮貌的態度，無比誠懇地說道：「幾位應該是想離開此處……您同行的幾人都是白色種族，並去過羽族駐地，極大可能從駐地發現離開的方式？」

「那可不一定。」我涼涼地回應對方：「我們只是來看看。」

「茶茲麗大人曾與獵日大祭司合作過，獵日大祭告知過，如果某日有人重新開啓通道，願意將我們帶離的話，可以與之交易。」

鳥妖給出相當驚人的訊息。

我突然意識到一件事情，許久許久以前的年代，有些種族其實會與妖魔往來，例如魔龍和我的某些祖先，又或者是後期三王子認識水火妖魔等，皆有前例；加上我們學院也有惡魔等的存在。

所以魔將軍與獵日大祭司認識也是極爲有可能的事情。

「我們並非獵日大祭司的敵人，因爲與其他魔王下屬起紛爭時遭打傷誤入此處，茶茲麗大人救援過獵日大祭司與一些羽族小東西，原本打算將大祭司帶回妖靈界作爲男寵，可惜大祭司不願意，後來茶茲麗大人進入沉睡，我們就不再干預其他的事情。」鳥妖爲了表示誠意，語出驚人地爆出一段神祕的過去。

我有點無言，把鳥妖的話告訴其他人，於是得到其他人同樣無言的神情。

「你們出去之後想幹什麼？」我詢問。

「茶茲麗大人要直接回妖靈界，不會在白色世界逗留。」鳥妖似乎早知道我會這樣問，立刻給予回應：「如果有需要，您可以對我們使用言咒，作爲交易，茶茲麗大人也會保護各位安全離開通道。」

若眞如魔將軍所立誓言，那倒是對我們有利，畢竟通道一打開，封閉世界中的大妖魔十之八九都會第一時間衝來，多個魔將聯盟其實沒什麼壞處。

把我的想法告訴其他人後，沒有得到反對，學長點點頭：「可以，由你決定。」

我回頭同意鳥妖的提議，但確實需要與他們建立言咒，說眞的，即使他們沒說謊，但妖魔們隨心所欲的機率高達百分之兩百，沒個保障的狀況下，就算有反制手段還是相當危險。

達成雙方協議後我們在原地又等了一會兒，黑暗中遠處有股很淡的水氣逐步靠近，帶著搖曳的空氣波紋，就像在海裡移動般牽動氣流，緩緩朝我們的位置筆直而來。

那是個很像水母般拖曳著長長觸鬚的生物，幾乎透明的身軀環繞著淡紫色的光芒，乍看下有點像紫紋海刺水母，五、六十公分左右的傘帽優雅地飄移，卻蘊含著非常深沉的黑暗力量，凡經過之處，大批魔物驚恐閃避，就怕晚走一秒會被這看似小小的生物碾碎。

水母無視我們隱身的屏障，相當確定我們就躲在這塊地方，很穩定地停在結界壁外圍，安安靜靜地在原地轉圈圈，順便打來意識通話。

魔將軍的小分身，連繫她的本體，前來與我簽下心咒契約，從現在開始直到他們返回妖靈界為止，皆在契約內，這段時間他們不會前往其他地域進行騷擾，直接跳轉妖靈界，否則一同出去的妖魔、包括魔將軍，會全體自爆。

水母抬起小觸鬚，上面出現紫水晶般的結晶體，是魔將軍精神核的一部分。

我打開結界，讓水母飄進來，後續建立心咒時極為順利，幾乎瞬間就完成契約，可見魔將軍茶茲麗確實沒有心懷不軌，唯一的訴求就是從這個地方離開。

「但妳應該知道，我們不可能敞開結界讓妳全部手下都逃離。」這點我必須與她先說清楚，鬼知道這個魔將軍麾下到底有多少附帶部屬，萬一有三千萬，通道根本不可能撐那麼久。

「無妨，我等只需要十個名額。」水母發出輕靈的聲音，完全不像妖魔會發出的那種空靈純淨聲響：「餘者，會繼續在此等候，但那也是我等之事，不會與本次交易有干係。」

「……所以你們會回來破壞通道嗎？」我一個皺眉，突然覺得不太行，雖然我覺得這世界活該爆炸，但也不是這種爆法。

「如果這麼說能讓你安心的話，我等麾下眷屬不會破壞通道，剩餘者會等到此地開放那日自行離開，這是我與獵日的交易。」

茶茲麗並沒有告知與獵日的交易究竟是什麼，不過看起來不像是說謊，我就沒有繼續追問下去。

詢問了魔將軍要如何集合，對方只說不用管他們，通道一打開他們會自行跟在我們後方行動，顯然有幫忙斷後的意思。

水母就這樣留在我們的結界裡頭，飄飄地等著我們行動，甚至還友善地說：「我等可以幫你們吊掛那個看起來相當虛弱的冰精靈。」

可能要被吊著飄的某精靈：「……」

那畫面有點想看。

「這也可以，褚你能夠專心衝通道。」夏碎學長毫不猶豫丟包他虛弱的搭檔。

「衝啊！」西瑞伸出爪爪，迫不及待就想衝出去。

「再等一會。」哈維恩攔住又想突破己方防護壁的獸王族，有些戒備地看看水母，之後繼續與兩位學長商議開啓通道事項。

獵日大祭司留下的離開這裡的方式，是他預留的「鑰匙」，這個鑰匙裡有他以靈魂力量製作的印記，能一次性開啓所謂千年才出現的通道，可確保持有者與一定數量的同行者安全離開，之後鑰匙自動銷毀。

畢竟是一次性，所以爆了就慘了，關在裡面都沒辦法跪時間種族重新撕開道路。

不過在記錄上，鑰匙好像原本是做了兩支，打算給有撤離念頭的羽族戰士使用，但他們直到全滅都沒有用過，所以另外一把用在了三千年前那支冒險團的身上，他們在離開前協助大祭司徹底關閉通道，現在這支便成爲最後一個可能逃出去的希望。

「妳要怎麼吊掛？」想來想去，我還是悄悄詢問水母這個問題。

水母抬起長長的小鬚鬚，「可以拖在地上或空中，或是捲著，或者使用其他方式帶著，冰精靈形體不大，不佔空間。」

眞想選前面那個。

泛紫光的水母轉了一會兒，又回到我面前，閒談般發出聲音：「你應該還在傳承中，在純黑的環境會更快理解那些傳承，理應與我等一同回妖靈界。」

「我合理地認爲妳在誘拐。」淡淡地笑了聲，我看著像是在善意提醒的水母，如果不是因爲我見過古代世界，說不定還眞的會被糊弄。「曾經有妖師在妖靈界進行傳承嗎？我可以肯定地說，沒有吧。」我那麼強的一個祖先還不是在白色世界向妖靈界殺個幾度來回，也沒聽說過他在妖靈界盤踞。

「……」水母看騙不到人，又飄走了。

後續，我們在水母進一步的幫助下，極接近被隱藏的通道點。

應該說幾乎已貼在旁邊了，長期居住這個地方的魔將軍在環境僞裝上比我們這些外來者更加厲害，完全沒有引起周圍虎視眈眈妖魔鬼怪的注意。

所以當通道突然被打開時，這些妖魔第一時間居然是呆滯的、沒有反應過來，他們被封閉在此處太久，以至於錯愕後竟還謹愼地想先驗證，所以給了我們操作空間，直接開啓偷偷設好的各種陣法術法，高速包裹整個通道口，接著甩出各式各樣獵日大祭司留給我們的陷阱物品，阻止第一波靠近襲來的魔物。

遠端傳來銳利的尖嘯，眨眼瞬間，眼熟的鳥妖抓著一隻黑色海葵衝進我們預留給他們的結界隙縫，接著是接二連三奇奇怪怪的詭異海洋生物，提前知道要逃命，所以這些高階魔物非常統一地都縮成很小的模樣，以最快速度衝來，再來是各種大型魔物冒出，在中間橫擋一腳，堵住後方如潮水般爆出的巨量妖魔鬼怪。

「別回頭！」

水母凌空捲走學長，至少沒有眞的把人拖在地上，催促我們進通道。

我釋出好幾頭黑獅子，噴湧的恐怖力量兜頭傾瀉，按住撞在結界壁上的魔獸群，黑獅子開始撕咬那些高階魔獸，一時之間各種毒素、內臟到處噴濺，空氣混濁如沼。

一腳把還想打架的西瑞踢進通道，我向哈維恩使了個眼色，夜妖精遲疑半秒，立刻扭頭跳進通道，順手把西瑞往另一端出口推走。

水母履行了她的承諾，十隻妖魔殿後離開，進通道前他們發揮各自強悍的力量隔空不斷打爆撲襲過來的同類，整片天空下起黑色濃稠的血雨，結界圈幾乎被碎肉淹沒。

「妖師！快進來！」水母捲著學長進到通道。

「妳本體呢！」我注意到這些水生物裡並沒有魔將軍本體。

話才剛說完，悚然的邪惡感重重搥下，將數層結界壁當場撞擊粉碎。被攔在路中間的其他勢力主將終於突破各種攔路虎和陷阱，用最快速度趕來，並且眨眼就將我們的術法壁拆掉八成，眼見就快拆掉最後的守護。

水母甩出觸鬚把我拖進通道。

下秒，原先站著的土地轟然裂開，最深層的黑色土塊爆破似地向上炸開翻飛，潛行在地底的巨型物體把地面上的魔物群和不知道已堆疊幾層高的碎屍直撞進空中，連帶我們剩下的術法壁也無法倖免，所有東西都像沖天的煙火飛至最高點，最後散開、劈里啪啦地墜下。

巨型生物不知道是什麼節肢物種，又像海蜘蛛又像海螃蟹一類，身上除了恐怖的長螯還有好幾根散飛的觸鬚，拉長的尾部如同鋼甲，帶著泛紫黑的螯針插進俯衝過來的魔將級巨獸，並將對方狠狠甩飛出去。

巨大魔物在碎肉雨裡打死一波高階魔物後，轉頭竄進通道。

本體來了。

我跳上預留的黑獅子，追著與水母並行。

先行進通道的哈維恩等人立刻毀掉支撐通道的術法媒介以及「鑰匙」，通道劇烈收縮的同時，外頭的妖魔鬼怪發出憤怒到不行的嚎叫，那種怒氣值都可以衍生出新的黑色力量了，剛好送我送一波充電能源。

堵在通道口的魔將軍沒給魔物們進來的機會，龐大的甲殼直到通道關閉前都沒被擊碎。

難怪他們會這麼有自信過來交易，看來這位魔將軍的防禦力極強。

水母鬆開學長，我重新做了幾頭黑獅子讓大家代步，通道關閉後安全性提高許多，只要這批妖魔眞的乖乖不搞事。

「要吃嗎？你看起來像個營養不良的精靈幼獸。」鳥妖飛到學長旁邊，抬起抓子，友好地想遞一串青黑色、還在跳動的怪物內臟給學長。

「……不用了，謝謝。」學長拒絕來自妖魔長輩的餵食。

魔將軍原地收縮了一會兒身體，最後收成象般大小，其餘跟出來的眷屬魔物立即跟隨在她身後，但她並沒有將水母收回去，水母依舊圍著我們一行飄浮。

「你們身上尙有其他強大妖魔的眷顧，看來並不排斥與妖魔爲友。」一邊行進，水母一邊攀談：「我等爲墟海極夜魔王眷屬，非常期待下回有機會邀請你們到墟海遊玩。」

看到一堆海生物時就隱約有種他們可能是水系魔物的感覺，但那隻看起來有點格格不入的鳥妖到底？

「墟海是？」我還眞不知道妖靈界有哪些地方，不曉得這種海系妖魔與幻水魔熟不熟。

「墟海深處有一部分與自由世界的盡頭之海時空重疊，似乎也有某些人類將那處稱作歸墟，但其實那裡是時空亂流，數不盡、眾多世界的亂流點在此交會，有機會汲取罕見力量。」

水母不知道是基於臨時盟友的立場或怎樣，居然眞的稍微介紹了魔王地。「原先沒有那麼混亂，是異界魔神撕開世界屏障後造成的極度異常，連時間種族都無法理順，魔神透過亂流點襲擊過妖靈海域。」

外星魔神也去了妖靈界？

還以爲妖靈界會很歡迎這種毀滅世界的邪惡存在，尤其是妖魔所在的魔界區域。

想想，我也詢問了。

「雖然有些邪惡喜歡毀滅，但有棲地意識的妖靈界居民大多不喜歡外來勢力。」水母停頓了半晌，似乎在腦中搜羅更簡易的說明：「我們接受吞食外來力量，但不接受外來入侵，妖靈界也曾發生過對魔神大戰。」

是了，吞噬異界魔神有很大機率被反侵蝕，直接變成人家的營養補充，所以對妖靈界來說，這些外星人其實也是巨大災難。

就是說，對排外的妖靈原住民而言，妖靈界與自由世界在抗外的立場其實奇妙地相同。

然後智障的邪惡生物一直想把外星人搞進來的立場也該死地相同。

眞累，還是毀滅吧。

※

離開通道的瞬間，周圍溫度驟然降低。

應該說，非常低。

簡直不是人待的地方。

我有種一秒全身血液含皮肉差點變成冰塊的錯覺，環繞身周的保護術法居然被凍出裂痕，米納斯與老頭公急速補上好幾層，才堪堪阻擋帶來詭異侵蝕的寒冷感。

學長放出白銀色的結界團團裹住大夥兒，順便也給妖魔們套幾層，接著感慨：「……來到不得了的地方。」

「這位置確實令人意外。」水母甩掉觸鬚上一小塊碎冰。

接過哈維恩發給大家的厚大衣，我邊穿邊觀望四周，除了冰之外依舊是冰，還有一些雪，但更多的是冰，一望無際的冰原。

不知道該不該說，這冰原如此眼熟，好像在某隻魔物腦子裡看過，還沒有演完續集，讓人火大。

水母原地轉了兩圈，吐出有點失落的話：「我們在這裡撕裂時空回妖靈界可能會死。」伴隨著這個結論，其他妖魔又縮小一圈，躲進魔將軍本體下方，明顯對此地十足忌憚。

能被一個剛剛殿後都不爲所動的魔將軍如此評論，就表示這地方眞的很危險，我重新審視冰原，雖然可以感覺到這裡有大量某種封印氣息，但設置得極隱蔽，一時半刻無法辨認是哪個種族。

「看地上。」魔龍突然給出提示，一股冷風從腳邊吹去，拂開薄薄的霜雪層，若隱若現中有枚波紋形的痕跡。

「時族。」哈維恩皺起眉，對這個地方露出極重的警戒。

沒想到我們會掉到最神祕的時間種族的地盤，並且是從故事開始幾乎沒出場過、最正統的原始時族，難怪魔將軍認爲在這裡撕時空會死，在時間種族眼皮底下搞時空，根本是自殺行爲……所以這片冰原，到底是不是重柳曾經來過的地方？

「這裡似乎不是駐地，只是個封印地。」夏碎學長順著冰面紋路看了一會兒，在那堆捲捲的線條裡讀出訊息。「時族在這裡有個古代封印，禁止繼續探入，否則後果自負。」

無法解釋天空城藏起的特殊通道爲什麼會開在時族的古代封印上。

這是打算萬一通道被搶奪，讓逃出來的妖魔鬼怪在別人的封印裡爆炸嗎？

可想而知，無視警告觸動冰原術法後，負責這裡的時族會幹出什麼事。

「總之，我等先離開此處。」水母對於時族的封印地感到極度不適，飄飄地轉向我們：

「離開這裡後再回歸妖靈界，你們是否一起走？可以帶你們。」

「我們暫時待在這裡。」學長拒絕妖魔們的邀請，坦承道：「因爲需要請公會與時間種族商協重新回到天空城，所以必須在這一帶製作座標點。」

「可以，那麼就此再見。」水母擺擺觸鬚，對我說：「契約，會直到妖靈界才解除，不用擔心，我等不會對妖師毀約。」

「好，有機會再聯絡。」我點點頭。

妖魔們很快竄進冰原，沒多久就消失在大家的視線裡，連個影子都不剩。

看起來時族這個封印地只阻攔不懷好意的入侵者，但沒有打算把路過的人一起滅掉，不然應該馬上就會看見妖魔爆炸的畫面。

「接下來呢？」

夏碎學長攏了攏夜妖精發給他的白色大衣，轉頭看向他家搭檔。

「嗄？不是要做座標點嗎？」西瑞挑眉，他是全員中唯一一個沒有穿禦寒衣物的傢伙，還是那身有夠清涼的花襯衫，不知道究竟會不會冷，總之旁觀者的視覺感到很冷，很想拿衣服把他捆起來。

「冰氣息變得有夠濃。」我注意到妖魔們離開後，冰原上的白色力量突然湧現，溫度也遠比先前更低，如果不是有結界擋著，我們應該會直接變成冷凍產品。這冷冽的純冰能量無主，卻一直朝某個特定方向鑽，很有一種專程被送過來補充某個冰精靈虧損的意味。

「在上面。」被冰能量團團包圍的學長輕聲開口。

跟著抬頭看過去，在我們左斜側方約略一段距離，有座幾乎透明的冰丘，學長沒有提示真的不會發現——至高點有抹白色的人影，快融進環境的披風隨著冰風偶爾飛舞，這個存在一點種族或生命感都沒有。

我們看向「他」的同時，對方的視線感瞬間平空出現，不再遮掩，大剌剌地讓我們知道他也在回望我們，應該說，他從我們這些外來者出現在這裡的時候就已經開始注目凝視，毫無感情地自高處俯瞰，並且評估著該不該弄死入侵者。

如果妖魔們有不利冰原的舉動，很可能剛剛真的如魔將軍所說，會死。

「可怕的傢伙。」魔龍給了個評語。

——真正的時間種族。

幸好這個看不清面目的時族只遠遠地盯著我們，除了弄來一坨冰能量給學長以外，沒有其他動作，莫名讓我覺得對方是不是在看戲，還是無聊隨便看個東西打發時間。

不過可以確定他目前對我們並無惡意，不然就不會塞冰能量給學長，而是給大家吃一發地獄特快車。

因爲有個出乎意料的存在，就連西瑞都安靜下來、沒有說幹話，我們一行人站在各自的警戒位等學長吸收、補充這波能量，某半精靈終於沒有先前那麼虛弱了，要知道這傢伙在天空城那充滿污穢邪惡空氣的地方一直在掉紅條，雖然他刻意壓制所以不明顯，但就是有持續-1-1-1的感覺。

「好久沒看見正統的時間傢伙。」

氣氛寂靜，只有腦袋聊天室裡的魔龍仗著別人聽不見自己開始碎碎唸：「這些傢伙數量很少，八大種族就他們最少，如果不是混血，搞不好你們這些屁小孩都不知道時族是什麼鬼。」

很少？

我思考了下，以前其實也聽過重柳族的數量不多，但大概是我和他們有各種業障孽緣，讓他們時不時就蹦出來在我面前，導致我覺得其實也不是那麼少。

但被魔龍認證的少，可能正統本族是眞的很少。

「嗯，時族幾乎不出現於人前。」不曉得是不是看到罕見生物，米納斯竟然也搭話了。

下意識又朝那抹小小的白色人影看了一眼，又看了眼。

「幹嘛？」魔龍不理解我的動作。

多看兩眼，可能這輩子沒機會看瀕臨絕種的種族。

「嗤！」

……

……

等等！

不對！

我見過時族。

最近一次就是從古代戰場被丟出來那瞬間，那個人確實是個時間種族。

當時心情過於混亂，差點遺忘我並不是沒見過傳說中罕見的八大種族之一。

該說幸運嗎？在我進到這世界短短幾年內，我已經把八大種族都看過一輪了，有個集卡完畢的圓滿。

……

但如果……

如果那時候他能夠……

學長吸收掉最後一絲白色能量的動靜打斷了我又開始趨向陰暗的思緒，我回過頭，把血脈側開在精靈那端的學長變得更晶瑩剔透了，整個人周遭環繞虛無飄渺的氣息，幾乎就是個很完美的純冰系精靈。

「可以繼續製作座標嗎？」夏碎學長問道，這也是大家現在想確定的事，畢竟有個時族在那裡虎視眈眈，鬼知道能不能動。

「嗯，但轉移點要牽到冰域外。」學長話才剛說完，原先正在呼呼吹的冰風硬生生一扭方向，帶路般朝魔將軍他們離開的方位吹。

看來那裡就是冰域外了。

時族雖然允許我們設置座標，以方便事後回來尋找天空城的痕跡，但他不願意我們從這裡通行，所以大概是打完座標點後把這裡當作個跳板，通道出入口得整個拉到外面去，不過這些就是接手的人要傷腦筋的事情了。

現在我們只要把座標點與轉移點設置好就行。

有哈維恩和暫時充過電的學長、夏碎學長在，座標點很快便設置完畢。

接著我們跟隨風的流向盡快離開這片冰原，離開前我下意識又看了眼那名時族，心底的疑惑無法被解答。

這裡到底是不是重柳曾去過的那處冰原？

又是因爲何事他才會來到這種封印地？

而且當時附近還有小妖魔……該年代的封印地或許並不如現在嚴密，又或者那個時候這裡並不是封印地。

然而這個猜測也只是建立在我個人盲目地想要認爲這裡就是那個地方之下。

我快步跟上其他人。

※

天空城所在的混亂虛空，意外地與外界時間流速相差不大。

從冰原向外移動，學長們同時核對了時間差異，最後確認天空城與現今世界的時間差竟然不多，我們在天空城耗費的時間很短，距離約定的二十天還有些餘裕。

實在讓人鬆了口氣。

學長們在冰原與荒野的交界地打下另一個點位。

至此，天空城的事件暫時告一段落，等待公會的人來交接。

「現在回醫療班嗎？」

我們會到天空城純屬意外，而且還帶著個傷殘，夏碎學長一開口，所有人、包含我，視線全放到學長身上。

學長無言。

就算是無言也得拖回醫療班。

「但……」哈維恩微微皺眉，終於提出另外一個隱憂：「我們是因為在轉移時遭到攻擊誤入狄美洛索特，始作俑者似乎不是重柳族，那麼再次使用移動術法時，會繼續出現問題嗎？」

好問題。

一開始以為被打飛是因為重柳族那群人的賤手，但後來學長們檢查術法，認為不是，這麼一來我們在重柳族裡遭到空間攻擊這件事就相當有深意了，要知道可以無聲無息做出這種事情的存在並不多，況且是在重柳族的亡者禁地裡。

注意，重點是禁地。

可以在別人禁地裡精準開槍，擁有這種實力的存在沒幾個吧。

很可能那個潛藏的傢伙從頭到尾都跟在我們附近，搞不好我們一打開移動術法又被槍一次。

「等等，我們出來的這個位置應該算隨機？而且時族在場，應該暫時沒有那個隱形威脅？」被擊飛到天空城後，我覺得對方再怎麼神通廣大，也不可能精準算到我們離開通道的位置吧？加上這裡是時族封印地，怎麼看都有安全的緩衝時間。

「這就得看我們是被『標記』，或者被『跟隨』。」學長向我解釋了兩句，如果被標記，那一離開通道對方馬上會追蹤到我們位置並找來；如果是跟隨，那就如我所說的，目前我們還有一段安全時間可以離開。

「在這裡爭論也沒有什麼意義，總之先離開吧，如果真的是標記，那麼我們下個目的地就會有驚喜了。」夏碎學長說著打開了轉移陣法，頭相當鐵。但也就像他說的，在無法察覺對方的情況下，不管講什麼都只是幹話和浪費時間，直接衝就知道下場。

於是所有人互看一眼，二話不說紛紛進到轉移陣。

雖然話是這麼講的，不過術法擔當的三人組還是非常仔細地檢視了術法陣，確定沒有任何懷疑之處，才啓動連結至目的地。

這次眞的很順利地回到醫療班，並且在大廳裡直擊一群藍袍傳來的不友善視線，多數都針對學長……感覺他要被啓動黑袍專屬的監獄了呢。

無視學長的目光，我帶著哈維恩與西瑞繞開惡狼般的藍袍們加速逃逸。

說是逃，也就是跑到其他的休息空間而已，因為哈維恩還必須處理一些雜務，例如補充各種補給品，還有在醫療班的公會情報點做一些交易。

天空城情報是必定要給公會的，提供消息的我們將獲得一些公會獎勵，進一步額外的消息，例如地圖或特殊情報，可以視狀況去更換某些獎勵，哈維恩就是要處理這些事情。

「你要去休息一下嗎？」我轉向還精神奕奕的西瑞，問道。

「唔……大爺等等來找你。」西瑞猶豫了片刻，似乎有什麼奇怪的困擾，並沒有像之前那樣繼續纏著不放，反而彷彿有著難言之隱。

我沒有追問的慾望，反正都在醫療班，不會有什麼可怕的事出現，便點點頭把西瑞送出去，順便翻出哈維恩之前放在儲物空間裡的零食給他。

關上門，室內再度沉寂下來。

我看著空蕩蕩的室內半晌，先遮蔽了身上有意識的靈體們，例如魔龍、米納斯和老頭公等，接著拉過旁側的椅子坐下。

凝神看向無聲飄浮在角落的病毒球虛影。

我微微側身，用手支著下頷，瞇起眼睛看著一直被我當成心理創傷產生的幻覺——

「憎恨……是嗎？」

第八話　異變

「你終於接受現實了？」

病毒球發出不懷好意的聲音，也是這段時間以來，這玩意第一次出現聲響。

從混亂時空抽完白色血脈離開後，我時常看到病毒球小小的影子，但它是無聲、不起眼的，就很像飛蚊症一樣，只存在某個角落，於是我一直裝作沒看見，畢竟魔龍和米納斯他們似乎也看不見。

但在天空城裡單獨與鳥妖對談時，我注意到這個應該是幻影般的東西悄悄汲取了一絲邪惡能量，很小的一縷，幾乎難以被發現──如果不是在我擴開的空間裡，可惜就因爲是在我的空間中，所以極爲不巧地被我察覺了。

哈維恩先前會詢問我是否沒事，多半也是留意到我偶爾會盯著空無一物的方位看，實際上我是在盯著這個黑影，回憶著遠古戰場的那些過往影像，以及複習著那裡許多人教給我的術法等等。

「這又是什麼鬼？意識碎片？」我彈了一個攻擊過去，黑色小圓球射透幻影，直接在後方牆壁打出一個拳頭大的洞，乒乓球大的病毒完全沒有受到傷害。

病毒球怪笑了幾聲，吃定我打不到它，囂張地飄浮轉動，悠悠哉哉地發出聲音：「幫你剝離血脈時……放在你靈魂深處的投影。」

有意識的飛蚊症。

我默默下了定論。

不過這個幻影看起來連結了魔神本體意識，講話與用詞清晰、現代許多，沒有我在萬多年前世界聽見的那種，彷彿剛降世的生澀對話。

「就知道免錢的最貴。」我也沒奢望病毒球那時真的慈悲幫忙，相反地，我隱約就感覺這東西會埋炸彈，畢竟是滅世魔神級的存在，強大的先祖都殺不死，怎會任由我無代價地吸收生命核能量，一個小碎片想搞事還是很有餘裕的。「不過你也就只能聊天吧。」

這玩意沒有什麼力量感，就只是個影子，剛看到時讓人很煩躁，看久習慣了便自動變成背景，反正我也不是第一天有顱內聊天室，多一個無所謂，就是好友名單看起來怪怪的而已。

病毒球又發出神經質的笑聲，鬼鬼祟祟地笑了好幾秒後，才繼續道：「把世界毀滅……毀滅吧……」

「所以魔神級外星人其實根本沒什麼沉睡吧，只是封印住。」我思考那些年被鎮壓的外星魔神，看來恐怕不像世界種族們所想的，意識大多都被封印沉眠，這些東西恐怕藉由各種方式，以及那些潛藏的異靈等邪惡存在，極爲清楚地掌握整個世界的發展。

「我們永遠都在……是生命召喚我們……」病毒球飄動搖擺著，鬼鬼怪怪地聲音傳來：「背棄我們，拋棄我們，沒有選擇過……卻又追求力量、慾望……即使沉睡還是不斷許願……一切都不容存在……全都必須毀滅……」

啊，溝通清楚多了。

我看著神經兮兮、自己轉起來去撞牆壁的病毒球，深深覺得這玩意應該是滿級中二，處於無法溝通的「世界最好全部爆炸」狀態中，大概就是十多歲的那種極度偏激青少年。

約略理解這隻魔神的構成成分後，我有點頭痛。

誰家想要一個隨時要世界爆炸的不穩定青少年，何況還不是自己家的，入侵的異界魔神差不多就是這種東西。

重點是，聽病毒球的意思，它們到來就算了，被封印就算了，還有複數的人繼續對它們提出入室邀請，所以這些被封印的存在依舊在傾聽這個世界，並且學習……聽它的用語便可以猜到。

啊……世界還是爆炸好了。

按著頭，我覺得這問題不是我這種人該處理的，問就是找那些邀請者來，把他們全都趕去無人星球一起毀滅。

好好生活不行嗎！非要多數陪葬少數、少數業障多數！

不知道第幾次這樣想了，解決問題就要解決問題的根源，白色種族們眞的應該先去剷掉那些沒事召喚邪惡存在、還覺得邪惡可以神愛世人的那群人，屁個他們只是思想偏差還可以拯救，思想偏差就該重新投胎好好做人啊！

「所以你叫什麼名字？」看著暴躁的病毒球，同樣快要暴躁的我突然想起這個問題，有名字之後比較方便詛咒這傢伙，雖然不知道妖師的力量對這種外星生物有沒有用。

不曉得這個問題打開了病毒球什麼開關，病毒球撞得更頻繁了。

約莫過了兩分鐘，神經質的聲音才回答我：「憎恨。」

……？

吞噬的魔神叫作舍斯弭，憎恨的魔神叫作憎恨……這樣嗎？

你的名字是不是很隨便？

「沒有官方名字嗎？或是拖很長的其他中名、姓氏、吧啦吧啦？」我還以爲那個是在說他們的性格或力量屬性，或是他們自己的地位名稱、愛好一類，原來直接是名字嗎。

「憎恨。」病毒球又開始焦躁撞牆，這次大概撞了三、四分鐘吧，整顆球才安靜下來，轉過眼睛，好像剛剛什麼都沒發生過似地又變回要毀滅世界的高貴魔神。「吾者平等毀滅眾生，你已經見過，連妖師首領都無法阻擋毀滅的腳步……」

「打岔一下，阻擋過，不然你現在爲什麼會被分屍封印。」都已經不是整組好好的還敢說大話啊。

病毒球陰森森地笑了，「從未……生命彼此怨恨，不斷召喚吾者，養分無間斷過，弱小的生命以爲封印了我們，但我們從未離開……無時無刻看著整個世界，隨時可以動手……就像那座島，你想看嗎……？」

島？

我微微挑起眉，表面無事，內心卻有種不太好的預感。

病毒球飄到我面前，來回晃動兩下，「借你視線，你會明白的，所有的手段對吾者都沒有意義……我們只是在等待……總有一天，怒火會覆蓋整個世界……」

一絲冰寒從我眼尾漫起，我下意識想要揉眼睛，眼前卻驀地一黑，原本應該明亮的室內瞬間被詭異的色澤覆蓋。

下一秒，出現在我面前的是猶如天空城般、被毒素與邪惡覆蓋污染的天空。

應該說，這是與天空城相同環境，同樣被封印了數千年、消失於人前的另一處封鎖之地。

孤島。

「我」，其實不是我，而是某個被借用視線的人正在環顧熟悉又陌生的陰暗環境，而周邊還有幾名白色種族，甚至可以看見公會後勤藍袍、白袍的身影。

按現況看，這人身邊有白色種族，所以身分是現在進入孤島、已收復海線範圍的公會聯合部隊，正常不可能會被魔神連上視線。

出現這種狀況，只能說明聯合部隊裡有效忠邪惡的種族間諜。

或者，異靈。

※

「貝爾？」

站在旁側的白袍開口。

我無法看見被魔神共享視線給我的人的面目，只能隱隱觀察到「他」的打扮穿著是某個種族的圖騰服飾，不是公會象徵的袍級顏色，這讓我稍微鬆了口氣，但緊接而來的，是他周圍的人事物令人感到不妙。

名爲貝爾的某個種族站在公會聯盟的陣地結界裡，雖然以規模來看並不是總指揮據點，但也是個不小的接駁營地或休息地，可看見醫療班的帳篷與明亮顯眼的特殊標誌，遠遠就知道該去哪裡找補血條的地方。

結界內大多爲支援隊伍，周遭堆疊不少大小物資，雖說某個程度以上後，大家必定都會有儲物的輔助術法，但有些常用或急用的東西還是必須擺在周邊更方便拿取。

貝爾轉頭看向喊自己的白袍，這白袍我覺得有點眼熟，似乎在哪看過，可能是先前在公會支援的某個地方有過一面之緣，是個稍矮的青年，有點圓臉、面貌五官非常親切老實，是那種很容易能取信他人的外表。

「十七號防守區遭到魔族猛烈攻擊，稍晚會有一批傷患進來，進出時要非常小心魔物毒素的傷害。」白袍手上拿著一張寫得密密麻麻的清單，認眞盯著上面奇奇怪怪的文字：「十號的進攻區有點驚人，已經快要把分派地區清理乾淨了……那是殺手家族的新首領吧，果然能夠擔任首領的都好可怕，不愧和九瀾先生是同血脈……」

「十號，殺手家族首領單獨負責，除了九瀾，不需公會其他人的區域嗎？」貝爾淡淡地開口，或許是被取代的原身本就是這種有點冷漠的性格，旁人不覺奇怪，任由他詢問：「很想去看看狀況。」

「待會兒如果醫療班的隊伍往那邊例行巡邏，你可以跟著去，和外援護衛隊的綠妖精交換位置就可以。」大概不是第一次看到聯盟其他支援者顯現好奇，白袍點點頭，在單子上畫了個圈，認眞地安排人手與營地內物資的各方流動與轉運等事務。「觀戰別靠太近，殺手家族的新首領是範圍性攻擊。」

說到這點，白袍忍不住感慨了幾句，殺手新首領剛到來時因爲屬性未知，直接開口要求圈範圍，公會這邊倒是還好，配合度非常高，其他聯合種族有些人就不太爽了，畢竟殺手家族在白色種族中總是充滿惡名，並與地下世界靠攏，所以便有人脫離隊伍跟蹤羅耶伊亞家的新首領及同行的九瀾，接著就被巡邏的護衛隊送回一排排石像。

「據說得向殺手家族繳納罰金才有辦法解除石化，還必須等羅耶伊亞首領有空。」白袍搖搖頭，有些人就是不信邪，不搞事就不會死，現在好了，集體在外面石化，人家首領忙著打怪根本沒時間鳥這票好事者。「幸好不是前線戰士，只是一些跟來參戰的小孩子。」

聯盟種族的各個帶領者當然也分得清是非及輕重緩急，沒人傻得衝去找羅耶伊亞家族麻煩，全都乖乖夾緊尾巴等新首領從戰場退下。

一等就是好幾天。

透過貝爾的所見所聞，我可以知道應該是大哥與我們從醫療班總部分離後，他就帶著隊伍直接進入孤島，後來我們去了天空城，其實也就是幾天的時間而已。

但看狀況，大哥在孤島裡相當有斬獲，至少他到現在還沒從前線退下，並且幾乎是獨自一個家族在對付那些曾讓我們吃大虧的各路妖魔鬼怪。

貝爾很快就等到出發巡邏的醫療班隊伍。

雖說是醫療班隊伍，但其實裡面藍袍佔的數量相當少，一支十四、五人的隊伍裡只有一名眞正的醫療班，其他是些許的紅袍、白袍與護衛的紫袍，再加上部分種族聯盟人手。因孤島戰場不小，所以人數相較稀少的醫療班無法一直固定在某個特定戰場，除了異常危險的戰場區外，大部分小規模戰場都是用這種巡邏的方式搜救傷患。

這支隊伍要去的主要位置也不是大哥所在的十號戰場，而是附近幾個小戰區，只是正好會路過大哥所在位置，可以遠遠觀望幾眼，順帶看看殺手家族的隊伍需不需要幫助。

跟著隊伍接近十號戰區時，老遠就看見外圍布滿了熟悉的扭曲石像，數量極爲驚人，一眼望去全是灰灰的石質物體之海，數都數不清，長相、大小不盡相同，相似的是被凝固住的猙獰模樣。

帶頭的人觀察了數分鐘，確認沒有求救信號後，就朝隊伍其他人打個手勢，轉頭往原本預定的路線移動。

而貝爾就是在這時候無聲脫離小隊。

明明少了一人，小隊伍卻詭異地毫無察覺，行蹤很快地消失在黑暗的毒霧當中。

貝爾一直盯著隊伍離開，直到確定沒有被回頭找麻煩後才按按脖頸，隨意地在一具魔物石雕低頭大咧的巨嘴劃過。那魔物有著暴龍的體型，卻在一觸之後直接粉碎。

「吾主，您在看著嗎？」

站在大批詭異的石雕前，貝爾突然開口，如同自言自語般，但我卻很清楚他是在向連結了視線的病毒球說話。

我不知道病毒球是怎麼穿過孤島封鎖結界與這個間諜聯繫，又或者其實貝爾只是單方面溝通，總之他繼續說道：「羅耶伊亞家族的兩人實力非常強，靈魂力量也極爲吸引人，如果能想辦法捕捉，將他們的靈魂煉製獻祭，吾主應可以更快重返世界。」

話說完，視線範圍突然一花，可見的景物高速飛逝，不久便聽見戰鬥的聲響。

貝爾並沒有貿然靠近戰場中心，而是尋找一區有比較多大型魔獸石雕的位置藏起蹤跡，另外用了某些增強視野的術法，很快就看見一圈圈特殊結界覆蓋在戰場中心位置，大多是淨化類型的術法，主要用於掃除各式毒素與妖魔死亡時形成的劇毒等環境影響，另外有些是抵銷詛咒的術法，總之五花八門，相當齊全。

殺手家族的準備非常完整，即使他們來的人不多，但全都是戰力剽悍的頂尖高手，大半成員呈現凶獸的巨體原形，小部分如大哥和在場的九瀾，以及兩、三名看似心腹模樣的人，還維持著人類形態。

這個時候大哥並沒有如我想像正在戰鬥中，而是閉著眼睛端坐在一顆很大的魔物石化腦袋上，依舊渾身霸氣全開，讓一些吃足苦頭的魔物不敢接近的恐怖模樣。

然而因爲先前見過大哥處理異靈時過度使用本源力量造成的傷害，我對大哥目前的狀況不感到樂觀。

畢竟那片妖魔石雕海並非不用付出任何代價。

「我可以趁你休息時悄悄割下你的腦袋嗎？」

旁邊還一個正在蠢蠢欲動、隨時可能要竄裡反的九瀾，他的噬血兵器插在腳邊兩步處，上面的笑骷髏發出一連串讓人不安的聲響。

不知道九瀾又覬覦他兄弟的哪個部分，正興致勃勃地繞著大哥走，看上去非常像某種終於

可以逮到機會咬獵物一口的猛獸

「試試看。」大哥閉著眼睛，很淡地給了三個字。

雖然只有三個字，但連旁觀的我都可以想像整句話的意思——試試看，立刻讓你回到胚胎時期。

可能以前經歷過什麼比較驚悚的事情，九瀾硬生生沒有頭鐵「試看看」，一頭包裹整顆腦袋的黑長髮散發出濃濃的怨念，大致上就是美食當前卻舔都不能舔的那種，非常委屈，最後這名雙袍級抄著自己的兵器又跑去旁邊砍怪了，大概想要用數量滿足慾望，很快地，旁邊空地堆滿了大大小小的內臟，還有顆完整被摘下、依舊在鼓動的水滴形藍色腦子。

大哥選擇的這個區域明顯是魔將級以上妖魔的領地，魔物、魔獸數量多到爆炸，還有個魔將等級的大妖魔被鎮壓在地底，可能原本在沉睡，直接被大哥帶人一發大型封印黏貼在地裡，先掃蕩完上頭，才要來對付下面的玩意。

我看著在地面繞轉的巨大封印術法，是很熟悉的紋路，十之八九是流越與其他高階術師的手筆。

「你認識的人。」

就在我打量著殺手家族所在的這塊區域時，病毒球冷不防發出不懷好意的聲音：「一些小動物，殺光會讓你憤恨嗎……我們隨時隨地，可以對他們動手……」

「試試看。」我將大哥剛才說過的話複製給病毒球，「總有一天，我也會殺光你們。」但我很確定這些垃圾咪呀不會有胚胎期了。

病毒球又發出那種詭異的笑。

「你們總是……只在意這些動物……直到最後……並沒有選擇我們……」

「大概是因為你醜吧。」我這人非常膚淺，吃臉，好看的人通常可以先得到八分的原諒，病毒球怎麼看都沒有這個基本標準。「而且，為什麼我們要選擇你們？無論是我或是妖師大族長，我們都有更好的選擇。」

病毒球又沒接話了。

畢竟只是個幻影，他不爽也沒辦法衝出來打我。

「你在意什麼……我們就恨什麼……」

同一刻，視線共享的貝爾突地沒入保護結界中。

因爲與公會聯盟，他身上帶有公會的識別印記，竟然就讓他順利踏進。間諜的目的不是當面衝擊羅耶伊亞家族的人，而是深入地底，尋找被強制封印的魔將軍。

接著，取出一團巴掌大、深黑色的不明物體，在上面放置同樣邪惡的術法圈後，便將詭異的東西導入魔將軍體內。

至此，視線猛然中斷。

※

哈維恩推開休息室的門扉。

雖然是被我臨時call回來，但夜妖精依然游刃有餘的模樣，沒有驚慌。

起碼沒有因爲我給的理由驚慌：「去孤島。」

大概是被各種亂七八糟的事情磨練過N次吧，哈維恩一點都不意外的感覺，只原地想了兩秒，發問：「我們兩人？」

「對，現在，立刻馬上。」我瞪了眼角落的飛蚊球，對方惡意切斷視線連結前的那幅畫面不得不說非常故意，擺明想要惹毛我。

可以，我一天六餐祝它本體爆炸，看看哪天會應驗。

哈維恩露出很詭異的眼神，一閃而逝，我沒搞清楚他那個反應是什麼意思，不過整隻妖精看起來似乎比較愉悅，變得很有精神，立刻跑去旁邊準備移動陣法。

「聯絡式青或流越，說我們要進島。」目前公會已經封鎖孤島，流越兩人應該都在裡面，照理來說，會有公會聯盟的特殊管道可以聯繫，但走他們的後門直接進島更快。

雖然也可以找白陵然或使用夏碎學長給我們的座標水晶，但恐怕就無法過於自由行動。

果然不到幾分鐘，流越就藉由公會的人轉送消息過來，已經安排好進入。

哈維恩沒浪費時間，幾乎在許可一到便啓動對應的移動陣法，直接通往公會的孤島接駁處。一直到周邊環境開始變化後，我才想起來忘記留言給西瑞，於是到了公會點趕緊發送，對方大概也在忙，暫時沒有收到回音。

我們到達的公會接駁點是在船上，類似先前我們搭過的海上組織郵輪，不過這次沒有時間和心情逛街，而是立刻又轉跳進孤島的臨時入口，那邊已有公會的資深袍級替我們開了很短暫的通道，一走過狹長的走道就立即關閉。

「流越大祭司的座標。」資深袍級給了我們一些訊息，大致上就是幾個公會點的位置，裡面有我們認識的流越幾人、妖師一族目前所在的位置，以及流越特地吩咐的殺手家族所在區域，接著替我與哈維恩拍了幾個術法。「通行證，可以在公會的陣地結界出入。」

不曉得流越先前囑咐過這位袍級什麼，但對方明顯沒有要帶我們去任何一個營地或隊伍報到，而是讓我們自由行動，這就很方便我們秒衝大哥所在的位置。

「聯繫西穆德嗎？」哈維恩提起也跟著進島的血靈：「他可能與妖師一族在一起。」

「先不用。」揮手召出黑鷹，我三兩下爬上去，見夜妖精也跟上後以老辦法裹起黑色力量，直接朝大哥和九瀾的所在地飛衝。

進來之後，病毒球的幻影又消失了，可能在搞什麼事，而我則發現孤島的天空比先前離開時更加暗沉……顯然有問題，畢竟公會已推進收復線，外圍四處可見高級淨化陣法，空氣也的確變得乾淨許多，照理說，天上的鬼東西會相應變少。

然而沒有。

或者是，短時間內再次加速變多。

我想起貝爾在地底下搞鬼，有點頭痛，用腳趾甲想也知道他對魔將軍投放的絕對不是好東西，現在趕過去高機率會看見狂化的妖魔，或者某種變異的存在爆發。

但應該還在可控範圍，否則資深袍級就不會那麼放心讓我們亂跑。

懷著種種想法，我儘可能地驅使黑鷹用最快速度趕路。

途中也有經過一些已收復的小區塊與正在拚鬥的小戰場，從高處俯瞰，黑暗又邪惡的大地依舊佔了大範圍，而外圍斑駁地黑一塊、白一塊，看起來很像被貼了某些膏藥，正在努力且堅定地想要修復創傷；只是還不夠，杯水車薪，即使聯合部隊因爲某些因素投入更多人手與戰力，想要用短時間肅清孤島，依舊不夠。

就如同天空島。

沉睡在這裡的邪惡也不是吃素的。

我沒有抱持著僥倖，畢竟病毒球表示得很明白，它就是要動手。

下秒，在我們目的地的最遠端突然投射出巨大沖天的血色光束，相隔遙遠都看得這麼清楚了，現場規模絕對極大。

抽出斷刀、環繞上絕對的恐怖力量，我破開包圍在黑鷹周邊的黑暗，四周本來也在朝向那邊飛舞的魔獸立刻發出尖銳的聲音，調頭衝向我們。

「滾。」連結黑暗裡那些晦暗混濁的魔獸精神，我散出小飛碟加乘力量，毫不猶豫瞬間引爆，霎時整個空中都是血肉粉碎，屍塊不斷往下方狂砸。

吸收掉第一部分的魔神生命核黑暗，我釋出些許進小飛碟裡，加上貯存在裡頭的，反向捲出近乎十倍左右的牽引，瞬間就把周遭的毒素和各種邪念凝結成一道大龍捲，附加古戰場學來的殺傷性術法，直接對著紅光方向狂野地颳過去，轟隆隆地把一路上的魔物全都清開。

這個動靜不小，至少唬住了大半同樣要趕過去的魔物。

「不用動手。」制止想幫忙的哈維恩，我瞇眼看著四周亮起來的各色微光，「這裡交給公會和種族支援。」

哈維恩乖乖坐回去。

越接近紅光巨柱，一股詭異濃烈的血腥味就越加厚重。

我開始看見零散的魔物石像，與貝爾所見有點偏差，應是我們進入的方位不同，但後方那圈石像海已徹底消失，只剩一層層粉末。

紅光籠罩的範圍是整個大陣，包括公會結界與殺手家族自己的結界在內，全都被血色罩住，但這層色光沒有阻擋我們進入，不過其他妖魔要闖入時直接撞在血壁上，活生生起白火，被燒成一團焦黑。

越往內飛，四周蔓延越多血霧，取代了外頭那種隨處可見的紫色黑毒霧，血霧降臨之處寸草不生，石塊、石像都被腐蝕了，這也是石像海變成灰燼的緣由。

接著，是滿地的黑色巨型倒刺，一根根都有好幾層樓高，甚至一、二十層都有，看來血霧對這些黑刺造成的傷害很微小。

被包覆在陣法中央的是一頭巨獸，蛇的腦袋與類似虎豹混合的身軀，原本應該有著鬃毛的毛根部位，全覆滿密密麻麻、潮濕突起的黑綠色鱗片，身上充滿紫黑的黏液與一顆顆黑黃色眼珠，有的眼珠還連結成像葡萄一樣，整串垂掛在巨獸身體各個部位，視覺上極不舒服。

讓人作嘔的邪惡感超出正常魔將軍該有的程度，更別說其中還混入了非常小一絲、我曾近距離感受過的魔神氣息。

我想到紅光是在我們到達孤島時才炸出的，若是對應上這隻炸開的變種魔將軍，就表示病毒球和間諜是爲了故意噁心我，才選擇這時機動手。

畢竟公會聯盟雖然已校正過孤島外圍的時間差異，但還是與外界有點不同，從我在醫療班被斷視線再到這裡，已經有一小段時間，他們大可以先前就動手。

眞的，讓人很不爽。

所以瞥見眼角有個東西倏地跑過去，彷彿在挑釁似地，我頭也不回直接把斷刀射擲過去，在術法與小飛碟各種攻擊力加乘之下，瞬間貫穿對方肚腹，把人狠狠釘在黑刺上。

哈維恩抽出彎刀，想過去再補一刀。

還沒動手，那傢伙硬是帶著穿胸斷刀鑽地消失了，速度比想像地快。

巨鷹再往前飛了段距離，現在可以很清楚看見中央狀況，變異魔獸除了被紅光困住外，最主要是因爲其他幾名同樣變成凶獸本相的殺手家族菁英，雖然相較下體型比巨型魔獸小了點，但合力把魔獸困在原位，沒讓這玩意有機會越雷池一步。

唯二還是人形的只剩下站在血色術法陣眼處的大哥，與一旁護衛的九瀾。

大哥狀態看起來尚可，九瀾看起來就比較嚴重了，黑色長袍下襬沉重，正在不斷滴血，笑骷髏鐮刀早就轉化成另一種更加恐怖的型態，被插在巨魔盤據的中心點，對著同樣狂化的魔將軍爆破性轟炸。

我正想驅使黑鷹靠近，原先專注凝視巨魔的大哥猛然抬起頭，血色的眼睛瞬間對上我，不用開口我就感受到一股森然的拒意，他不希望我此時靠過去。

「不知道爲何，應被鎮壓的魔將軍吞食魔神碎片。」大哥的聲音突然傳來，謹慎地告訴我眼前發生的狀況：「公會之所以封閉瑟菲雅格通道，是因爲有間諜，以及異靈。」

如果不是病毒球，我可能不會發現這件事情。

「還有，瑟菲雅格內恐怕還會異變。」

對了，除了病毒球這隻潛入的間諜外，島內本身就還有異靈，如果讓他們碰在一起……

巨魔猛地轉過頭，包括身上那一串串葡萄般的眼睛全都轉向我。

意識連結的瞬間我什麼都沒聽見，只有源源不絕的凶暴與破壞欲，應該要有智慧的魔將軍現在變得連低等魔物都不如，被植入的魔神碎片似乎對他的腦子造成某種程度的破壞，毀滅力量卻增強不知多少倍。

「希克斯？」我抓住身邊一架小飛碟。

「幹嘛？」魔龍嗤了聲。

「吃嗎？」那麼大一個邪惡本體，分解之後應該會有很多死亡氣息和邪惡力量吧。

「吃！」

巨魔一顆眼珠飛出去時，附近的公會隊伍正好趕到血光結界外圍。

同時到來的還有剛才我來的時候遇到的大批魔物，一行人加各式妖魔鬼怪當場在結界外狠狠打了起來。

「沒想到啊，褚同學。」九瀾歪著黑漆漆的腦袋，目光從頭髮後面盯著我，比妖魔還讓人感到危險：「尖叫後轉逃跑三套餐呢。」

「……送你啊。」我無言地把眼珠拋給旁邊的小飛碟，暴食型號一口把巨魔的眼睛吃了。

「？」大哥霸總式疑惑。

「據說很有趣的畫面，現在好像沒有了，以前大家還私下傳過要找時間湊團參與看戲。」

九瀾聳聳肩，相當遺憾地表示。

所以你們都在背後亂流傳什麼啊喂！

操控黑色力量變成幾頭翼手龍，我讓這些小傀儡邊往巨魔身上削肉塊，邊拋出小型變形移動術法，再運用術法閃現輔助切割，術法一開一闔，瞬間妥妥刮下不少肉塊，然後讓哈維恩接手部分翼手龍，操作來回觸發陣法的動作，對付巨魔近身戰有危險性，加上殺手家族仍在操控箝制陣法，所以我拒絕哈維恩近距離進行攻擊。

在九瀾兩人附近的空地降落，我觀察了一會兒，發現九瀾雖然看上去傷勢很嚴重，不過他周圍環繞治療性術法，應該說其他人身邊也有，暫時不會有致命危機。

畢竟是醫療班首領的左右手。

病毒球的幻影落在大哥附近，依然是不懷好意的模樣，陰森地盯著大哥看。

我把種族聯盟裡有個叫貝爾的就是間諜這件事告訴他們，那個傢伙很有可能是異靈這點也沒隱瞞，剛剛斷刀有插到人，附著的妖師恐怖力量讓他短時間內甩不掉，可以盡快追蹤。

「交給其他人去辦吧。」九瀾立刻把消息傳遞出去，「這麼大一個內臟不能讓給別人。」

……這種時候還在覬覦魔將軍的下水嗎！

「滾！這是本尊的零食！」小飛碟大張尖牙裂口，極不爽有人要搶劫。

「這東西切開有腸胃嗎？」九瀾盯著嗡嗡響的小飛碟，出現了該死的好奇心。

應該沒有吧！

誰會去思考幻武兵器有沒有腸胃！

小飛碟朝雙袍級吐口水。

一大一小兩傢伙差點互毆前，被轉頭過來的大哥冷眼一看，雙方秒熄火，還非常有默契地左右閃躲，避開石化的下場。

翼手龍群持續刨肉之旅，但巨魔增生異常快速，而且還漸漸扭轉形貌，一顆顆眼珠爆開，變成飄滿觸鬚的肉瘤，慢慢有點變成病毒球那種令人更加不舒服的外表。

「異化嗎。」大哥做了個手勢，周遭空氣再度降溫，正在變形的巨魔發出十幾個骨骼折斷的詭異聲響，不論是眼珠或觸鬚，都開始出現石化狀態。

「別再用本源……」九瀾嘖了聲，想打斷大哥的攻擊。

大哥抬起手，示意九瀾閉嘴。

而另一端——

「如何？異化完成時，吾可以短暫降臨此處。」

病毒球傳來嘻嘻笑聲，「你來或不來，沒有差別……體會吾者的恨……」

「滾開，飛蚊症。」我將重新纏滿恐怖力量的斷刀拋給哈維恩，往後一跳，站上擬形的黑鷹，秒速衝上天空，直往巨魔頸後位置前去。

從進來結界後，我一直在觀察遍布各處的黑色力量，最後在頸後位置注意到有個感覺稍微不同的東西在緩慢遊走，極大可能就是那塊防腐劑碎肉。

黑鷹盤旋了數秒，接著俯衝，在最逼近後頸前一刻倒轉，把我拋到巨魔身上。

「小心！」

水幕驀然從側邊捲過來，替我擋住平空出現的數根尖刺。

米納斯與魔龍不約而同浮現身影，出手擋掉來自四面八方的襲擊，這位置幾乎貼在巨魔身上，很多保護術法一打開就秒被腐蝕，只能用黑色力量不斷覆蓋阻隔。

在巨魔身上我才發現，紅光術法其實威力極強，即使沒有針對我，但我一個黑色種族在中心點也超級不舒服，感覺渾身力量銳減一半……看來這巨魔被鎮壓到實力沒發揮過半。

握住槍，我朝槍膛推進幾發殺傷力巨大的子彈，往可能藏有碎肉的位置連續開槍，幾槍之後打飛堅硬的鱗片，接著是灌王水環節。

混合恐怖氣息的超濃縮王水子彈戳進巨魔肉體，一股股含帶臭氣的毒霧不斷往外噴，也不知道巨魔到底會不會痛，反正是嚎叫得滿大聲的，震得我耳朵都痛起來，腦漿感覺被震波轟炸一番。

被王水觸碰到的碎肉縮了縮，居然想往更深處潛入。

與此同時，我感受到兩種熟悉的氣息來勢洶洶，下意識往旁邊一避，夜妖精的彎刀與血靈的長刀劃出寒光，一前一後劈開同個部位，瞬間露出那一小塊不到巴掌大的黑色腐肉。

血靈扭身再度劈下一刀，把異於巨魔的黑肉硬生生挑出來。

我轉換子彈，冰封碎肉之後用黑色力量包裹。

哈維恩搶上前，兩手往黑色球體一拍，金色術法條眨眼纏繞，接著他一把將黑球塞進旁邊已張大嘴在等待的小飛碟口裡。

所有事情幾乎發生在短短兩、三秒間。

「退出來！」

大哥朝我們一喊。

哈維恩夾住我翻身跳樓，血靈則是聚氣又朝巨魔遭創的部位一劈，大到驚人的力量從後頸往前深砍了三分之二，差點活生生把巨魔腦袋剁下來，整個地面也因爲重力衝擊而崩出凹裂。

不過血靈沒有追加下一刀，立刻跟著我們遠離巨魔。

巨魔遭剁頭的那瞬間就開始修補軀體，幾百顆眼珠螞蟻回巢般全滾向可怕又黏稠的傷口，急速填補。

然而，來不及抵銷的石化速度張牙舞爪地覆蓋巨魔整個身體。

血色陣法紅光大盛，充滿血腥氣息的艷麗鎖鏈自術法壁裡竄出，幾十條赤紅到刺眼的粗鏈穿透巨魔身體，貫進黑色土地。

哈維恩與趕來的西穆德站在我前方，兩人腳下出現黑色陣法，由血靈主導，凶猛地全力吸收巨魔抓狂散出的嗜殺惡意與各種戰場氣息，這讓仍在掙扎的巨魔一頓，莫名中斷了一瞬的反抗。

也就是這麼一秒的失誤，巨魔來不及擺脫石化，在張大嘴巴還想咆哮的瞬間被固定住，連同鎖鏈一起成爲不斷顫抖的巨型石雕。

「等等！這樣本尊怎麼吃！」

小飛碟發現問題點後大怒了。

第九話　而且……不聽人話

回到陣眼處時，大哥閉著眼睛踏出血色圖紋圈。

取而代之的是九瀾踏入，包圍石化巨魔的其餘人則是繼續原地警戒，沒有絲毫放鬆。

我看了眼血靈，總覺得他變年輕、精神許多，推測是這陣子吸收戰場力量加剛才那波，讓他實力大增……或恢復，不曉得夠不夠讓其他血靈也擺脫沉睡困境。

「怎麼不聽話？」大哥走到一邊的石塊坐下，可以看見他眼尾處都在發紅，臉側甚至浮起不少泛血絲的紋路，感覺是真的很不舒服。

「我有把握全身而退，想……幫忙。」我確實沒打算按照大哥的話遠離戰場，跳出去前衡量過自己與巨魔力量的差異，我想若是失敗至少足以逃跑，真逃不掉還可以緊急吸收部分第二階段的生命核力量，來一次小爆發。

聽完，大哥點點頭，並沒有說什麼，看起來是認同我的判斷。

抬手接回哈維恩遞來的斷刀，原本想說讓他在原地拿著防身，果然他還是會跟上來。

抓住從手邊飛過去的小飛碟，「你吃了碎片沒事嗎？」那玩意不是傳說中可能會反噬的魔神肉嗎？

「一點點無所謂，只是有點臭。」小飛碟嗝了聲：「能量很強的噴，可以忍。」

噴什麼……啊，他又哪學會的台語？

認眞說，就算能量很強，我也忍不了噴的味道，果然可以到這種程度的大人物都不是一般人可以學習。

哈維恩蹲到大哥前方協助做簡易治療。

西穆德徵求我的同意後，開始在周邊巡邏，同時收集依然濃郁的戰場氣息和魔將軍四溢未散的各種戾氣。

沒多久，聯盟援兵終於弄死一波魔物進到陣法內。

公會那邊來了一名黑袍與紫袍、白袍數名，因爲有九瀾在場，醫療班倒是沒特地派人過來，現場的治療方案都依九瀾隔空指揮進行。

種族聯盟則來了一小支隊伍，十人左右，大多看起來很年輕，我猜會來，多半是基於對殺手家族及這塊單獨被圈起來處理的十號區感到好奇。

如果是善意的好奇就算了，然而我隱隱可以感覺到其中有些人不那麼友善，除了不喜殺手家族，還針對我這個名聲比殺手家族更差的黑色種族，他們即使沒有白目到當面開口，但目光就像是在看某種獵奇事物的失禮打量。

「如果不管理你的手下，就讓他們永遠留在這裡。」大哥突然開口，語氣之冷漠，都快讓人錯覺今晚會直接全家破產。

種族隊伍帶頭的人年紀較大，外貌看上去四十多歲，一回頭，驚覺到自家小輩那幾道出門會被打的眼神，趕緊開口將人趕到旁邊，接著連忙向大哥與我致歉。

畢竟有個巨魔被剁了半顆頭石化在那裡，再怎麼智障他們還是不敢得罪實力過強的存在，那幾個小白目收回視線，低著頭走遠，不知道在唧唧咕咕什麼，反正沒在我面前搞事，我頂多祝他們摔個四腳朝天、連環摔，買十送二，摔好摔滿。

對，我才不會放過他們，當我是什麼都原諒的愛心團體嗎？

幾秒後，那幾人一個個在地上翻滾。

隊伍的小隊長在那群人摔第十次時終於反應過來問題出在哪，緊張地又過來道了一次歉，這次很慎重地向我保證回去會好好管理這些小孩。

我嘖了聲，才散掉心語剩下的詛咒。

反正就差摔兩次。

停下跌倒的幾人互相攙扶逃遠了，不敢再接近我們這邊亂打量。

閉上眼，我穩定體內波動的黑色力量，重新收攏、平復回去，同時使用聊天室與魔龍交談：「這個石化可以支撐多久？」

「一天左右吧。」魔龍給的時間出乎我意料地長，他補充道：「小鬼用了很強的凶獸血陣和本源力量，那幾隻狗不是廢物，他們可以維持一整天，沒被偷襲的話。」

狗……

那幾個凶獸明明就長不一樣。

「但小鬼大概也要廢一小段時間。」魔龍的小飛碟轉向大哥，「上次鎮壓異靈後，他應該還沒完全補回耗損，這次是吸收碎肉的變異，不過獸王族抗負面狀態的能力一直都很強，尤其是凶獸血脈，死不了。」

你剛剛吃的能量轉化之後要分我一點。

我在聊天室提道。

雖說是碎肉，但魔神碎片吸取了魔將軍的能量，收穫預計不小吧。

「……」魔龍裝死了，周圍的小飛碟一哄而散。

確認巨魔暫時不會暴起，我看著病毒球消失的位置，知道它不會善罷干休，現在還是要先找到逃逸的貝爾。

「褚同學。」九瀾突然用不懷好意的調調喊了我一句。

……

不得不說，雞皮疙瘩反射性就起來了。

「你先回附近營地吧。」意外地，九瀾說出很正常的話：「去休息，我們沒事。」

我盯著九瀾看了一會兒，不曉得他是單純想把我們弄走，或者是他看出來我身上的黑色力量不穩定。

更確切一點地說，那股能量彷彿「醒了」，雖然我已經收回體內，但仍一直陣陣湧動，如果不是因爲能量沒有意識，我都有種它好像很興奮的感覺，隨時隨地都想從束縛它活動的軀殼蹦出來舔食世界。

「能量來源不太乾淨吧，沒處理好會引起黑色血脈暴動。」九瀾歪過腦袋，閃爍的目光從頭毛後盯著我全身上下掃過一圈。「好想抽你的骨……」

「我們先去休息了。」面無表情地直接遠離某雙袍級，我決定在全身骨頭消失前轉移陣地。「大哥要一起回營地嗎？」沒記錯的話，大哥一直沒去公會營地，是時候當個不正常霸總好好睡覺了。

「等會。」大哥微微搖頭，閉著眼回答：「三十分鐘後。」

沒想到會得到確切的時間，看來大哥的確累了。

向走到兩邊不同位置的哈維恩與西穆德招招手，兩人倏地同時出現在我面前。

「我先回營地，你們繼續收集戰場氣息……應該可以維持一天，盡量多收。」想想，我補充道：「很快就會用到了。」

那些被病毒球和邪惡勢力帶著的魔神碎片還有多少？

他們其實，隨時隨地都可以製造巨魔。

只是在等待。

※

距離羅耶伊亞家族最近的公會營地很小。

比我共享貝爾視線時看見的那個營地範圍小許多，大概是因爲殺手家族自圈戰地，以致於靠近這邊的隊伍不多，營地自然小上一大圈。雖說如此，裡面還是有些人，大多都是戰鬥隊伍過來歇腳，順便補充物品。

我一踏進去，裡面二十多雙眼睛不約而同往我看來。

「咦？妖師的營地不在這裡啊。」端著一盤不知道什麼東西的白袍吃了一驚，看我單獨前來，大概以為我走錯地方，好心地湊近詢問：「須要給你座標嗎？」

「……不用。」我環顧了一圈，看來這名白袍應該是這個據點的看顧人。「只是來休息而已。」

「喔、喔喔喔喔！」白袍恍然大悟，從盤子上拿下一團葉子包裹著的橢圓形物體塞到我手上，「那你隨意，陣地結界中有恢復術法，十號休息點使用的人比較少，有需要協助的地方可以找我。」

我道過謝後便隨便找個沒人的地方窩著，先前在古戰場也經常這樣，算是習慣了，尤其是最後的草地鎮，根本沒太多選擇。

白袍給我的葉子團打開是熱騰騰的飯糰。

蓋起莫名青翠的綠葉，我閉上眼睛，準備再穩定一會兒不怎麼聽話的黑暗能量，然而總有刁民想搞朕，附近竊竊私語的幾個傢伙很煩人，他們該不會忘記妖魔鬼怪和黑色種族最容易聽見這種負面談話跟心聲了吧？

「該不會是從威普他們那邊跑過來？」

「聽說十號戰區有妖師……」

「為什麼不好好待在妖師的戰區……」

「公會邀請殺手一族就已經有點……唔……連妖師這種存在都找，萬一他們和這座島裡的邪惡聯合呢……」

「看起來就很不舒服……」

幾人囉哩叭唆的聲音結束在黑獅子猛然出現在他們面前，並對他們進行一記近距離衝撞，四、五個人就這樣抱團飛出去。

營地瞬間安靜下來。

黑獅子每人踩了一腳後，蹦蹦跳跳地回到我身邊趴下。

「你幹什麼！」那幾人附近的白色種族倏地起身，紛紛對我掏出兵器。

靠著黑色力量擬態的大獅子，我懶懶地看向想打我、又不敢靠近的幾個白色種族，他們個個臉上都帶著憤怒又仇視的目光，不曉得的人乍看之下，還以為我屠過他們全家阿貓阿狗。

「提醒你們而已，說壞話最好滾遠一點說，要知道黑色種族很記仇，而且……不聽人話。」

從地上跳起來的幾人身上還帶著獅子的腳印，咆哮兩句不明的髒話後朝我衝過來，大概是看我孤身一人好欺負，竟半點也不遲疑。

然後他們止步於擋在前方的第二頭、第三頭散發著恐怖威壓的黑獅子。

「生氣嗎？」我調整坐姿，上半身往後靠向黑獅子，舒服地開口：「生氣就對了，在我背後講閒話我也會生氣，但我有本事打你們。」

換句話說，有本事就來打我啊。

可惜這些傢伙看起來本事都不太足。

所以他們被區區兩頭黑獅子擋下來了，只能用種族語拚命罵我。

說起來，負面情緒夠多的話，有機率形成黑暗能量供我們吸收，再惡劣一點的就會是妖魔，甚至邪神、魔神等存在喜歡的邪惡力量，不知道這些蠢蛋知不知道這些事。

——造口業也有機會毀滅世界喔啾咪，今天嘴幹了嗎白色種族們。

「打架不能崩陣地結界喔。」白袍遠遠地提醒一句。

好，原來可以打架，看來底線是不打死。

我思考了兩秒要不要打，接著覺得浪費時間浪費心情還浪費空氣，於是又躺下了。與其耗精神打路人角，多吸收兩口能量不爽嗎。

所以我只驅使兩頭又變大一圈的黑獅子追著幾個白色種族咬，自己原地耍廢。

慶幸的是，這營地裡不全然都是智障，扣除公會袍級外，還有數名不同種族隊伍的人目露看好戲的光芒，不帶有惡意，純粹就是看小孩打架那種，邊看還邊嗑飯糰，只差沒有明目張膽地指指點點。

若隱若現的病毒球又飄浮在附近的陰影處，骨碌碌的眼珠看著那群被追的年輕種族。

「殺了吧，都殺了……殺光……」

「憎恨……惡意……毀滅……」

裝作沒聽到病毒球的碎碎唸，這玩意自從暴露後就不打算遮掩了，變得很吵，早知道就不要揭穿它，之前安安靜靜在角落當個幻影多好，幹嘛嘴賤讓它開口說話，現在除了幻影之外還要當成幻聽，聽久了很讓人煩躁。

再次閉上眼睛運轉黑色能量，隱隱好像可以撬動第二個封印，但現在打開可能會爆炸，還是先把第一股搞熟練再說。

大概過了一會兒，附近的吵鬧突然停止，取而代之的是傳來幾個倒抽氣的聲音，接著本來在看戲那群人跑開。

黑獅子們跳回我身邊，融入當靠墊的大黑獅裡。

我抬頭睜眼，剛好看見一堆石雕保持著竄逃或打鬥的姿勢，七零八落地被永遠固定住了。

給一群小白目致命冷眼的霸總環顧四周，人們散光了，這次真的完全沒人敢說閒話，只剩白袍很頭痛地在準備陣法，要把那些石雕傳送回公會大本營，還碎碎唸道人手又減少了。

大哥閉目朝我走來，我趕緊讓開位置，扶著他的手送他登上寶座。

「小五來了。」大哥給個提示句，隨後就沒動靜了，但可以看到他身邊環繞著血腥氣息與冷厲的力量線，應該是在快速調整自身狀態。

我悄悄把黑獅子弄軟一點，讓大哥可以靠得更舒服，然後就去營地入口等。

看來，西瑞在醫療班的異樣應該是聽到孤島什麼風聲，後來殺手家族的戰區又出現巨魔異變，他會過來其實不意外。

幾分鐘後，熟悉的巨大凶獸砰的一聲落地，準確無誤地站在營地入口，下秒龐大的軀體消失，重新恢復成七彩不良少年的外貌。

「漾~本大爺找你好久！」西瑞發出抱怨：「臭老大他們明明游刃有餘~」

嗯？

「你不是來找大哥他們？」

「啊？」西瑞皺眉。

看來我誤會了，所以他在醫療班的異狀是因爲……？

「沒啊，本大爺手下找到點東西，大爺去確認個動靜，回來正想問你，結果你小子又和臭老大跑了。」某殺手露出一臉「眞心換絕情」的詭異反應，嘖嘖了幾聲：「好玩的都不找本大爺！」

「有給你留訊息啊。」我不知道是第幾次無奈。

「哼！」西瑞跨進營地，好像某種巡邏的動物小繞過一圈後，站到大哥前方，嘖嘖地發出兩記挑釁之聲：「哇喔，慘慘，這畫面眞稀奇。」

大哥完全沒搭理旁邊跳來跳去的弟弟。

這畫面，莫名溫馨。

「所以有什麼要問我？」

等西瑞在他哥周圍跳夠後，我才拉回剛剛的話題。

「喔，就那個……大爺不是收了一堆小弟嗎。」西瑞隨手比劃了下，嘴裡的小弟是他先前在家族五播後繼承的戰鬥隊伍，後續我不知道他們家族發展狀況，不過西瑞好像把下面的人帶歪了，現在有一堆比較年輕氣盛加腦空的殺手，跟著他到處亂七八糟。「之前不是在說黑色獨角獸，有個小弟找到點線索，不過……唔……大爺先去看過，本來要問你。」

黑色獨角獸？

對我來說這件事已經有點久，猛一提還沒反應過來，接著立刻想起去古戰場前，確實聽流越、式青他們提及過黑色獨角獸的事，沒想到西瑞居然一直有在關注，讓我感到意外。

西瑞點頭。

據他所說，他有個小弟是偏向幻獸類的獸王族，所以某方面的感應比較奇特，聽說在尋找黑色獨角獸後，就朝獨角獸的一些習性方向去尋找，這種方式式青在尋人時當然肯定也用過，但誤打誤撞，居然眞的被這小弟找到黑色獨角獸留下來的痕跡。

應該說，目擊。

某座較小的人類村莊裡，有數名孩童近期看過黑色獨角獸出現在水潭邊，因爲和傳統大家認知的白色獨角獸不同，這些小孩一開始以爲是某種奇獸或魔獸，直到他們發現獨角獸在淨化水潭——鬼族與邪惡的黑色種族頻出，導致村莊周圍幾處水潭輕度污染，黑色獨角獸淨化了其中一處，並在附近待了數日。

孩子們非常確定是純黑色的獨角獸，其中有一人甚至能清楚描述在夜晚時，獨角獸漆黑的身體出現淡淡、像是星子般漂亮的光點。

「跑掉的契機好像是有個小孩試圖送東西給他吃。」西瑞歪著腦袋，無法理解獨角獸的行爲。

我思考了幾秒，感覺黑色獨角獸應該是在躲避任何形式的接觸，所以式青等人遲遲無法找到他。

小孩們最後一次看見獨角獸是五日前，式青和流越進孤島則是在此之前，他們倆現在也還在孤島的某處戰場對抗毀滅他們島嶼的邪惡，所以無法及時得到外界消息，更別說去追尋黑色獨角獸。

「大爺已經讓小弟去追蹤跡了，但不樂觀。」

西瑞的意思我明白，黑色獨角獸有意藏匿，那麼他小弟大概也追不到什麼，只能沿途繼續尋找有沒有其他人目擊。

「出去之後看看吧。」想放棄一切時，覺得什麼事都不重要了，然而回到這個世界，才發現有如山多的事等著去做。

我嘆口氣，再度感到人生眞難。

正當我內心感嘆之際，營地及包覆的層層結界開始出現波動，接著是震動，數秒後轉爲強烈地動，附近一些堆疊的物品被搖得差點倒下，保持奇怪的傾斜狀態。

大哥睜開眼睛，無表情地轉向西面。

陰沉的烏雲及毒霧下，遠端又是一處光柱沖天，碧綠亮眼，似乎散發源源不絕的生機。

數秒後，大約西南方位置也是一道紫藍色的光柱，雷光裂紋爬滿該處的幽暗天空，不時有落雷朝光柱而去，遠遠傳出沉悶的轟鳴。

「綠妖精、雷妖精。」關於這兩族我心裡有底，多半是當時孤島的另外兩人與他們的種族正在奮戰。

兩道光柱相輝映不久，我們這邊再度出現地動，而且這次震源極近，發生處幾乎就在不遠。

地動持續幾秒後倏地發出巨響，整塊地皮差點被掀飛到高空，營地白袍與休歇的袍級們立刻出手穩固陣地結界，硬生生把營地壓回原地，沒被強震和下秒撕開的地裂甩飛出去。

這瞬間我感覺到有個突然冒出來的巨物衝著我們這個小營地過來，來不及思考太多，在戰場上培養出的本能讓我剎那間捕捉了對方的污濁精神，釋出黑暗力量拽住那股雜亂的思緒。

下秒，另邊的黑暗中猛然張開充滿血腥的利齒巨口，遠比陣地結界外殼還大的口腔轉瞬籠罩在結界上，布滿毒液的尖牙喀嚓一下，穿透了守護結界。

在尖牙差點碰到那群石化雕像前，大哥已釋放那堆小白目，一群人還沒搞清楚狀況，但反射動作讓他們避開危險，全都躲到旁邊還未波及到的安全處。

不知該不該說他們因禍得福，這樣一來大哥就損失一筆贖金了。

嚼住營地的那張大嘴邊緣鱗片密布，尖牙被快速修復的陣地結界卡住，倒是讓偷襲者拔不回牙，也沒辦法再次攻擊，只能繼續咬結界，分岔的黑舌不斷在結界壁上掃來掃去，塗了一堆帶毒黏液，發出詭異的濕濡聲。

「看起來很難吃的樣子。」西瑞盯著那根舌頭，發出嫌棄。

「……你居然會想吃那個嗎？」到底是多餓？

我太陽穴刺痛了半秒，被捉住的那隻魔獸正在掙脫，對我反向發出連結攻擊。

我加強控制，讓對方重新安靜，同時傾聽連繫傳來的語言，仍是混亂無比，只有滿滿的殺意，與異變的魔將軍非常相似。

不過在那堆混亂中，我捉到一刹那閃過的影像，是個人，並且是熟面孔。

異靈夏姆特。

吞噬蜃光大祭司，並潛伏在孤島中的存在。

營地又動了動，巨嘴銜著整個營地外加結界，居然想這樣整個拔起。

「哈？想動本大爺的地盤？」西瑞跳出陣地結界，轉身就是一頭凶獸直衝對方，尖牙被撞得拔出，連同本體一起滾出好遠。

這麼一來才看清楚那是條青黑色的大蟒，凶獸跳到巨蟒身上，一口咬住要害，拖起整條蟒到處甩，砰砰砰地把周邊一些廢墟和小山丘夷爲平地。

我看向另一邊，也就是被制住的另外一頭魔獸，是隻……大概是巨蜥吧，有點像恐龍，同樣大如小山，褐黑色的身體半蜷，因爲遭到控制，只能在原地發出低低的咆哮聲。

兩頭魔物的後方天空，飄浮著相較之下顯得嬌小的身影。

持杖的白髮異靈紅衣裙襬在空中翻飛，滾出一陣又一陣布料形成的波浪弧度。

「哎呀，又見面了。」女性異靈高高在上地俯瞰著我們，視線與我對上，魅惑蕩漾的聲音從紅唇吐出：「收到個有趣的消息過來看看，沒想到會遇上熟人呢。如何，思考過後，要一起攜手統馭世界嗎？」

「滾蛋。」我絞住大蜥蜴的精神，讓這玩意撲過去咬大蟒蛇，但連繫瞬間被斷，抬頭看見的是異靈彎起笑靨，巨蜥調頭朝營地撲來。

「你們專心對付異靈。」營地中的種族與公會成員不知道什麼時候出了陣地結界，急速閃現在巨蜥周圍，幾人快速箝制魔獸，部分人則是移到蟒蛇附近，協助西瑞化成的凶獸，一起擊殺不斷再生的大蟒。

「嗯？專心對付我嗎？」夏姆特發出感到有趣的輕笑聲，手中法杖一擺，幼小的骷髏對撞後出現詭異的細語，好幾個小如指頭的細碎物體平空噴出，投射向兩邊的魔獸。

異靈已經與貝爾見過面。

那些細小物體除了有濃稠的毒素之外，還有很淡的惡臭味，與魔將軍異變後的那股味道非常相似。

「快閃開！」我對種族和公會聯盟喊道，幾名年紀長、經驗較豐富的戰士快速拉開身邊最近的人，或是撐開結界閃躲那些不明物體。

唯有兩、三名落單，專心襲擊魔獸的青年沒意識到這些小東西，甚至還有一人反射性張手接下。

紫黑色的液體從物體爆出。

那幾人連聲音都還來不及發出就被覆蓋，接著扭曲的身體鼓脹，短短幾秒間，急速變得不成人樣，開始滲出鬼族氣息。

我朝最靠近的兩人開槍，子彈在他們身上爆炸，在開始轉黑的靈魂徹底鬼族化前，連人帶肉體地提早消滅於無形。

落單的那人變化速度遠比其他兩人快，大哥給予的石化才到腳就完整化爲鬼族，他直接撕開石化的一雙小腿，連滾帶爬地跳到巨蜥身上，快速再生發黑僵乾的腿部。

被我就地銷毀的是最開始說我壞話的人，他們的同伴看見兩人炸成一團血霧後，驚恐地瞠大眼睛，朝我投射而來的目光簡直像在看怪物，暴怒得似乎想問我爲什麼可以毫不猶豫地向

「同伴」下手。

放在以前或許不會，甚至可能會感到緊張、猶豫與自責。

但現在我不在乎他們。

那麼生命，其實就與路邊的石塊無異。

從陣地結界內閃出，我穿梭於幾個小型空間術法間，快速來到異靈前，揮出纏繞恐怖氣息的斷刀，並在異靈側閃時開了兩槍，子彈擦過法杖的骷髏，擊碎了一個頭骨裂開的嘴巴，失去下顎的骨頭立即變得十分滑稽。

「沒想到你變化這麼大，竟然摘除白色血脈。」輕輕迴繞一圈，夏姆特笑了幾聲，饒富興味地打量我：「死了同伴？失去重要的人？難過地希望世界跟著陪葬？說不定我們有辦法可以讓你在乎的人回來呢？」

無視她動搖人心的魅嗓，我鬆開手裡貯存術法陣的水晶，在腳下張開大片黑色結界，暗金色的絲線從圖紋中蜿蜒攀出，釋出陣陣妖異的術法波動。

因為看戲而故意沒避開陣法的夏姆特四周被暗金絲線包圍，她發現異狀、想抽腳時，那些絲線已將她的退路都堵住了，一點一點吞噬她身上的能量，遭到掠奪的邪惡力量，其盡頭是大張嘴的小飛碟。

我還無法吸取這種有主的邪惡，所以只能變動術法餵給魔龍，之後再吸取轉化的純粹黑暗。不得不說，在這方面魔龍確實相當好用，大概他回家以後我最懷念的是他這功能。

「好久沒看見了啊……正統妖師一族的掠取術法。」並沒有因爲被奪取力量而發怒，異靈反而更輕快地笑起來。「還以爲失傳了呢，眞讓人懷念。」

「懷念就多待一會兒吧。」我重揮斷刀，斬向異靈白皙的頸項。

「這就不用了。」夏姆特一跺腳，腳底陣法破碎，她穿透破損的術法原地往下掉落。

接著，與等在下面的大哥面對面。

石化本源能力瞬間抓取對上眼的異靈，眨眼夏姆特手腳被奪，灰白色的石質快速爬往她軀體各處，以及腦袋、身體核心，連法杖都沒有倖免。

即使如此，夏姆特依然還有心情往大哥臉上湊。

紅唇的接近在貼上筆挺的鼻尖前被停止，完全石化的異靈重重摔落插地，接著開始急速分解石質，意圖重新解開控制。

大哥很快又重回對方面前，如同先前對另個異靈的那次絞殺，再度將夏姆特原地凍結，與對方比拚速度。

但之前大哥的狀態很好，而現在他本源還未完全恢復，並且才剛打完一頭帶有魔神碎片的巨魔……

「讓開。」

金色的火焰從空中投擲而下，罩住整個石化異靈。

身著白袍的身影擋在大哥前方，帶著異色光芒的雙刀合併，如切豆腐般插進異靈的胸口，奇異的花紋從刀身上冒出，快速捆住石像。

「請閉眼。」

萊恩回過頭，如此對大哥說道。

❀

小營地再度出現新訪客。

巨蜥和蟒蛇雙雙被擊斃後，一群重傷、輕傷之人回到陣地結界歇息，因爲出現死亡且有同伴轉化成鬼族，營地裡充滿了低落悲憤的氣息。

千冬歲留在外頭箝制異靈石像，他帶來的控制陣法周邊全是舞動轉繞的金色火焰，看起來相當美麗也極其致命，以至於其他人不敢隨便踏入，就怕被氣勢洶洶的金火吻去半條命。

先前我們費了極大工夫才殺死異靈，所以我知道千冬歲一時半刻弄不死對方，他只是取代大哥的位置，壓制異靈抵抗，加上萊恩特殊幻武的力量，讓異靈陷入沉睡，不再破解石化。

把大哥按回黑獅子腹側時，我發現大哥右眼尾有血痕，很倉促被抹掉過，留下了不明顯的痕跡。

我取出水藍小飛碟協助治療大哥受創的本源，回頭就看見幾雙憤怒到即將失去理智的目光，是那兩名被擊殺者的同伴。

鬼族化的第三人在兩頭魔獸掛掉後，毫不戀戰地轉頭就逃，現在不知道哪裡去了，可能活著，也可能進入其他戰場，被聯盟軍弄死。

總之，這些人現在似乎把死掉那兩人的帳算到我頭上。

他們的長輩或是隊伍勸過他們，但這幾人本就對我戴著有色眼鏡，接受不了那些勸慰，我聽見他們憤怒的心語，全都在叫囂我是殺人凶手。

「他們都還活著！」種族是妖精的青年大吼，脖子與額際露出用力過猛的青筋，凸出的雙眼泛紅且爬滿血絲，表情猙獰扭曲：「你殺了他們！」

我歪頭，所以直接當鬼族不能投胎有比較好嗎？

當然，這些話剛剛其他人都說過，不過憤怒中的人完全聽不進去，固執地認定我就是殺死活生生白色種族的劊子手。

西瑞和萊恩一左一右擋住想撲上來的人。

「該死的黑色種族！」妖精氣到流著眼淚大喊大叫：「都是因爲你們！我就知道全都是假惺惺！說什麼可以幫忙，其實你們就是想來害死白色種族！獵殺隊應該屠滅你們！這世界不該有黑色種族存在！你們只是白色世界的寄生蟲！」

「閉嘴！阿迪！」種族隊長一拳把妖精打倒在地。

本來想出手的西瑞晚了一步，沒揍到人，只能推開那名隊長，把夾腳拖踩到年輕妖精的胸口上，一腳將人踹回地面：「怕死就不要上戰場，信不信大爺讓你就地成佛，反正你這種砲灰角沒啥屁用，早死早超生，死快一點下輩子還可以跟你兄弟繼續拜把子。」

「你也不是好東西！」妖精被踹得吐出一口血，滿臉血淚卻依然不屈地繼續吼叫：「怪物！垃圾！你們都是怪物！」

我站起身，抬手止住種族隊長想開口的話，慢吞吞地走到妖精身邊，蹲下來盯著對方憤怒到變形的臉：「然後呢？」

「你——」

「他們廢物，所以死了。」我用以前的自己絕對想像不到的冷漠開口：「你救不了人，你這麼廢物，爲什麼你還有臉在這裡哭叫？」

就像那個蜷縮在時空亂流的我。

「在封鎖戰場裡，誰來得及拯救他們？」

化爲鬼族的速度這麼快，連送到獄界的時間都沒有，轉眼就會永遠成爲異靈的奴隸。

「你連把他們送走的速度都這麼慢，大廢物。」

就像未來某一天，那個可能完全出不了手的我。

「怪物！」妖精發出淒厲的號叫，「你殺了我的朋友！怪物！沒血沒淚！早該毀滅的妖師一族！」

「你就繼續這麼認爲吧。」我站起身，掃了周圍其他人一眼，這才發現壞話團的另外幾人又石化了，難怪他們沒有一起撲上來攻擊我。

重新閉眼的大哥輕靠在黑獅子身上，淡淡地說：「不要將無用的話聽進去。」

「怎麼會。」我彎起淡淡一笑，「他們又不是我的誰，只是單純看他們不爽。」

懶得在乎周邊緊繃的空氣，我召出另一頭黑獅子，輕鬆擺爛，把爛攤子甩給那些聯軍的帶頭人與營地白袍去收拾。

抽噎的妖精被他們隊長帶到營地最遠處，隱約聽見他們等等要去其他地方了，至少不會再與黑色種族撞營地，對大家心情都好。

西瑞在我旁邊一屁股坐下，隨後突然伸出手掌用力揉了兩下我的腦袋。

「幹什麼？」我抓住莫名其妙的爪子，一頭霧水。

七彩的殺手嘖了聲，彆扭地丟給我一包零食，才開口：「你是本大爺小弟，你只要在意本大爺就好，那些垃圾話太多的，來幾個本大爺打幾個。」

「嗯，好的。」

打開洋芋片包裝，我將第一片塞給旁邊咕噥個沒完的朋友。

萊恩在另一邊坐下，手上有好幾個眼熟的葉包飯糰，不知道什麼時候去找白袍取的，整個人肉眼可見地開心。

「你們和好了？」我看看外面在壓制異靈的千冬歲，兩人是同時過來支援，看來在島內戰鬥時，他們依舊組在一起。

叼著飯糰的人歪頭想了想，點點頭又搖搖頭。

「觀察期？」看來還沒完全和好。

「不能影響正式任務……」萊恩把嘴裡的醬料和米飯嚥進去，才繼續說：「還要花一些時間確認他有完全反省，否則……」

萊恩是極有原則到稍有點一板一眼的人，先前說要拆夥就表示他真的要拆夥，現在因爲某些因素或者被求饒久了，正在重新觀察，希望千冬歲可以再次取得他的信任，否則這搭檔是真的要沒有了。

我輕易便能體會萊恩未竟之話的後續，默默感嘆了下，幸好哈維恩性格較有彈性，不然我大概也沒有萬能管家了。

「下一個會更好。」西瑞發出不太對的勸解：「電視都這樣演，分了之後還糾纏不休的要快點處理掉，不然會變成一百集的連續劇。」

「並不會。」看了什麼鬼啊？我逃你追全世界面目全非嗎？

萊恩呆滯，沒有跟上我們歪掉的話題。

「總之你去給四眼田雞補一刀，就沒煩惱了。」西瑞還在那裡捅刀發言，整個很興致勃勃地落井下石。「你搞掉他之後，大爺給你找個更棒的，想要哪種隨便你挑。」

「呃……」萊恩抓抓飯糰，搖頭，「搞掉之後我可以自己一個，公會沒有一定要搭檔的規定。」

不要被他帶歪想法啊喂！首先你並沒有要去捅刀！

「大爺小弟那麼多，你居然都看不上嗎！」某殺手憤慨了。「大爺家小弟哪裡不好！瞧不起他們嗎！」

「也不是，你小弟們應該都很好。」竟然還對上回答的萊恩緩慢地思考開口：「但我暫時沒有重新尋找搭檔的打算，未來也再看看吧。」

「行吧，你有興趣的話，大爺再介紹小弟們給你認識，只有你才有的特別待遇。」西瑞友好地掏了包零食遞給對方。

「嗯。」萊恩點點頭。

已經變成以「未來沒有搭檔」爲前提的對話了啊喂。

我看著正在外面任勞任怨槓異靈的千冬歲，爲他點了三秒的香。

第十話　遺留

公會的人很快趕來支援。

因爲捕捉到異靈，所以來的幾乎都是黑、紫袍級，其中還有我曾見過的資深黑袍。

先前在神殿我們成功誅殺過異靈，所以相關術法在進島前得到學長和流越的同意，已複製一份給公會，需要的人員與具備同等實力的種族在進島前自然已準備妥當——畢竟早知道島內存在異靈，公會這次也是抱持著儘可能把異靈弄死的心態在進攻。

於是千冬歲被一名高階術師換下，正好在西瑞給萊恩亂七八糟洗腦前介入。

我看著旁邊吵成一團的三人，感覺應該要換個位置擺爛了。

原先要撤離的種族隊伍大概是因爲難得能看見對付異靈的大動作，居然忍著暫時留下，在公會部隊那邊跟前跟後，很明顯與我們這邊拉開一條間隔線，只差沒拿粉筆畫過去。

旁側做好調息的大哥站起身，隨手摸摸黑獅子的腦袋。

「要回去嗎？」見對方沒有多待的意思，我也跟著站起來。

「嗯。」大哥點點頭，目光掃向外面正在布陣的幾名高階術師，難得多加解釋：「魔將軍也可以類比除掉，須先回去做準備。」

拔除魔神碎片後，異變巨魔沒有先前那麼大的危害了，危險性也降低許多，雖然依舊很難對付，但沒有異靈那麼麻煩。

思考片刻，我決定繼續留在大哥這邊一點時間，確認真的沒事後再去追蹤逃跑的貝爾，否則病毒球讓人很不放心。

稍微把想法向大哥詢問過，得到同意的答覆，我便快速整頓，順便收回黑獅子們。

大哥突然拍拍我的頭。

「……？」我一臉迷惑。

「走吧。」大哥什麼也沒解釋，很帥氣地轉頭邁開步伐。

「你們要去哪玩？大爺也要去！」西瑞跳腳跟上。

「去殺魔將軍喔。」我簡單地回答問題：「你們家戰地那邊有一隻。」

西瑞秒說要去殺。

說意外但也不意外的是，千冬歲和萊恩也跟來了。千冬歲目前戰力很高，公會似乎沒有固定把他安排在某個戰場，而是像這樣若有高威脅存在出現時，便即時前往幫助，就不知道爲什麼原搭檔的萊恩也被安排成機動組。

「幻武的關係。」

路上，我問了萊恩這個問題，他認眞地回道：「木栗師父教導很多幻武緊急修復與淨化的方式，資深袍級雖然比較少使用幻武，但大多數人還是需要。」

嗯，稀有技術人才。

看來讓他們保持原搭檔也是避免萊恩在幫人修武器的路上掛掉。

回到羅耶伊亞家族的戰地時，那頭巨魔還被固定在原處，周圍的凶獸們很有秩序地輪班維持陣法。

千冬歲很自覺地走過去想把陣眼中的九瀾換下來。

「不用，剛剛哈維恩換過了。」九瀾揚手拒絕。

仔細看，他的精神的確比我們離開前好了一點，傷勢也都包紮過，但我們離開時間並不長，即使有與哈維恩換手，也僅只很短的時間……果然，這個陣法還是得以獸王族爲主嗎？

我看向身後，哈維恩與西穆德不曉得何時悄然出現，依舊站在固定位置。

哈維恩朝西穆德做了個手勢，讓血靈去千冬歲他們那邊幫忙布新的陣法，等會兒一口氣解決掉魔將軍。

所有人都去忙後，唯一留下來的夜妖精才開了個隔音術法，微微皺眉地看著我。

「所以，那『東西』還在嗎？」

我下意識抬起頭，與夜妖精目光相對，後者斟酌了幾秒後才繼續說：「我認爲你一直在看某個我們無法察覺的存在，而且那存在不太好。」

陰暗處的病毒球發出笑聲。

「妖師養的小動物果然忠誠。」

「你……」我按著哈維恩的手臂，不希望他接著開口，因爲他引起病毒球的注意，中二病毒球非常故意想製造我的憤怒，可能會再搞手段。

「你在乎了。」

「契約？附體？不對，米納斯小姐應該會發現……是意識映射？或是靈魂刻印？一直出現的話，是藏匿於意識的幻影嗎？」哈維恩極爲認眞地注視我，幾乎猜到一大半。「先前沒有，但時空亂流後就出現了，而你歸來時已經提取了血脈，在『那個地方埋藏了不可說之物』，並取得極爲龐大的黑暗能量……是『異界』的投影嗎？」

……

……

這麼會猜怎麼不去猜一下大樂透號碼？

我無言地看著神經緊繃的夜妖精，話都被他說完了，我踏馬無話可說。

病毒球發出超級詭異的笑，而且越來越狂妄，到了要無視都很難的地步，如果現在是本漫畫，它的笑聲狀聲詞應該已經充滿整個跨頁。

撕裂的詭異聲讓我的頭跟著痛起來。

「把小動物給吾吧。」

恍然間，站在前方的哈維恩一把將我推開，那柄充斥著邪氣的六靈刀向後揮出，直直插進突然出現的高大男性臉上，將那張既陌生又有點眼熟的臉劈開一半，而刀鋒卡在三分之二深處，無法繼續移動。

貝爾。

我鈍了好幾秒才意識到來襲者是誰。

他身上還殘留一點恐怖力量的氣息，但在這之前都藏得非常好，直到這麼近了我才隱約感覺到。

男人用那張損壞嚴重的臉對我露出猙獰的微笑。

下秒，貝爾與哈維恩同時消失在我面前。

貝爾是異靈，受魔神「憎恨」驅使的異靈。

我跳上黑鷹那瞬間，本該石化的巨魔轟然爆開，同樣地，不遠處被控制的異靈夏姆特方向也傳出爆響，遠遠望去可看見小營地的陣地結界被毀掉時，出現公會特有的警示光束，宣告本地進入高度危險。

再度獲得魔神碎片的巨魔對黑壓壓的天空咆哮，然後被西瑞化成的凶獸一爪子撕開半具身體，其餘凶獸也急速撲上去，千冬歲的金色火球墜落，儘可能燃燒劇烈膨脹的巨魔軀體。

「去追。」大哥抓住九瀾的領子把人丟向我，「這裡不用擔心。」

「西穆德留下。」我瞥見血靈要跟來，立即開口，除了巨魔還在異化以外，另端夏姆特恐怕也不再那麼好對付。

血靈一點頭，轉身再次劈斷超高速重生的巨魔四肢，多了西瑞的壓制，巨魔被重重按壓在地面，身體包括爛肉，塞進了因撞擊而出現的凹洞內。

九瀾伸手召回笑骷髏鐮刀，穩穩地蹲在黑鷹背上。

「走！」

※

瑟菲雅格島一度被封閉。

後來在流越與公會介入下重新開啓，然而因爲某些因素再度封閉，僅留條公會可開啓的「門戶」，連夏姆特都跑不出去。

這也就是說，不管貝爾將哈維恩挾持到哪，都只會在島內，更別說哈維恩有一份連結在我這裡。

「往左。」

感受著空氣裡傳來絲線般的氣息，我操控黑鷹飛過一個個大小公會聯合營地，掠過那些或安靜或狂躁的戰場，逐漸往黑暗島嶼深處而去。

「厲害啊。」九瀾看著兩側跟著展翅翱翔、監控周邊環境的擬化黑鷹，難得乖乖地沒搞事，也沒有說出可怕的狼虎之詞。「不過你那股詭異的能量還是要多注意，雖然有人幫你分批封鎖，但對血脈的影響不會那麼簡單，有問題可以來找我……眞的出問題的話，那部位可以給我嗎？」

錯了，還是有可怕發言。

「謝謝。」想想，我還是先道謝，至於給他部位什麼的直接假裝沒聽見。「你傷勢沒問題嗎？」我仍然可以聞到血味。

「……褚同學，好歹我是醫療班。」

「喔打擾了。」

重新把精神放到追蹤上，可以感覺到哈維恩目前沒有生命危險，但氣息已越來越淡，貝爾正試圖藏頭遮尾地想把我們甩開。

「不過為什麼要抓哈維恩？」一邊的九瀾喃喃自語，似乎很不解貝爾寧願曝光也要把人拖走的行徑。

正常來說，這種行為算得上是腦殘。

但……

我轉向病毒球可能會在的幾個位置，那鬼東西現在哪都看不到。

就在我努力增加力量想拉近更多距離時，遠方傳來一個轟響，聲音大到連天空都在震動，迸出的火光照亮整片烏黑天際，與那朵極為不祥的蘑菇雲。

……

所以送地雷的那個東西眞的是核彈嗎？

爆炸颳來的颶風撞擊在我們的外層保護結界上，發出劈里啪啦的一連串噪音。

但也因爲這麼一爆才能直接鎖定目的地，同時被爆炸驚擾的還有底下一堆棲伏著的各路妖魔，以及外圍還在推進的公會聯盟，不過公會聯盟那邊似乎沒有立即往這邊衝的打算。

「會先派偵查者。」九瀾說道。

哈維恩被劫的事不知道大哥那邊會怎麼處理，我想即使公會眞的騰出手、派遣救兵，大概也不會這麼快。

轉瞬抵達爆炸中心上空，兩側黑鷹秒速分解，變成大量細小的黑蝴蝶，輕盈地往四面八方散開，我們乘坐的黑鷹則原地展開轉化成黑色陣法，向下籠罩住事發地。

目前我做不到空間切割這種高難度技術，只能仰賴後頭跟著落地的九瀾，他甩出好幾枚水晶，急速在地面畫出陣地結界。

我快步跑向哈維恩氣息所在處，爆炸後，他的生命感變得非常微弱，穿過層層蒸氣與毒素及燙熱的粉塵後，在一個深深的凹坑裡看見了靛藍色的微光覆蓋成半個球形，旋繞在上方的是羽族的圖騰。

流越給的術法嗎？

毫不意外地，我輕鬆穿過這層凝結的保護結界，看見裡頭還保持完好的地面與趴在血泊中的夜妖精。

「傷得很重。」

米納斯幻影浮現，藍色小飛碟與水流穿梭在昏迷的夜妖精身邊，另一條細水勾來幾片破碎的刀片，足見在我們到來前，哈維恩一直與異靈搏鬥。

我翻出身上所有可以讓米納斯調動的元素水晶，加上陣地結界裡的輔助術法，應該暫時不缺白色能量。

另一邊的九瀾布好結界後，抓著再次出現的鐮刀踏出營地，一鐮刀砍在四分五裂的貝爾腦袋上。謎之核彈對異靈造成不小傷害，至少我們到的時候，這隻被撕裂十幾塊的異靈並沒有恢復，呈現燒焦屍塊到處分散的模樣。

面對此景，九瀾散發出遮掩不住的快樂，那股強烈興奮，扭曲到連我這個黑色種族都可以感覺到對方快以一己之力產出黑暗能量了。

……也是很厲害。

四周比較靠近的蝴蝶紛紛化成長釘將肉塊釘死在原地。

我走向九瀾，但保持幾步遠的距離，生物的本能讓我決定不要靠太近。「死了嗎？」

「沒死，活性還很高。」九瀾轉動了下笑骷髏，鐮刀上的人骨發出愉快笑聲，肉眼可見刀尖正在吸食異靈的血液。「被炸暈了吧，第一次看見異靈可以用這種方式炸暈。」

該問問看哈維恩到底買了什麼牌子的核彈了，威力有點嚇人，就連上次那顆贈品地雷炸到重柳族也很嚇人。

「嗯？這味道……？」魔龍的身影從旁側潛出，抬起一隻手接住落下的爆炸粉塵，「小傢伙怎麼弄到的遠古爆裂物？」

「什麼鬼？」我是有感覺空氣裡那種不太對勁的灼熱氣味，但分辨不出來是黑色種族還是白色種族的力量。

「換成本尊也可能要被炸飛的玩意。」魔龍挑眉，難得認同某件東西的超強殺傷力。「用在這可惜了，這東西是拿上世紀遺留物製造的，不多，古戰場也很罕見，賣的人大概不識貨，被小傢伙撿漏。」

眞的是撿漏嗎？

那顆地雷也不像正常物啊？

「這麼一來這隻異靈多半短時間內不會醒，那東西裡面有些壓制意識的添加物。」解釋完核彈背景，魔龍帶著一串小飛碟去舔殘餘的炸彈碎片了，據說有些稀奇的元素可以撿看看。

聽見短時間不醒，九瀾更快樂了，跑來跑去把屍塊加以封印，並且從上面切取自己想要的部位，意圖自肥。

我現在搞不懂大哥到底是派他來幫忙還是派他來領尾牙福利。

「唔……」

在米納斯治療下，哈維恩勉強發出點聲音，不過意識依舊很模糊。

既然九瀾這裡短時間內沒有危險，我就不打擾他的快樂天堂，回到夜妖精身邊，因爲治療需要，揭開衣服後發現他的傷勢比剛剛乍看時嚴重許多，肉眼所見處全是斑斑傷痕，有些深可見骨，還纏繞著發黑的毒素。

依照米納斯的指引，我協助把那些毒素及些許幽暗氣息導出去，讓傷勢可以恢復得更快，幸好九瀾發癲了一會兒後，終於記起自己醫療班的身分，匆匆過來檢視了半晌、給出藥物與治療方向，接著又跑去搜刮屍體。

待煙霧散去大半後，我才理解爲什麼九瀾會這麼瘋，這地方除了被炸飛的異靈軀體外，還有各種聚集在此的魔物，這些妖魔就沒有異靈那麼幸運仍留下性命，全體死透；而外圍尚有陸續聞風而至的魔物，在爆炸餘威與爆破物裡發散出去的謎之添加物的影響下，他們在波及範圍內走動了一會兒便失去意識，倒在結界外呼呼大睡。

因此我也搞明白了魔龍說可惜的原因，運用得好的話，這顆核彈在更大的戰場中可以發揮更大的作用。

但考慮到異靈的危害性與他可能擁有的魔神碎片，其實也不算可惜，至少炸了那玩意一個措手不及。四處飛舞的黑蝴蝶蒐羅了一小段時間，沒發現其他魔神碎片的存在，很可能是在大爆炸裡燒光了，我猜這應該就是哈維恩引爆的本意。

這樣一來，就表示核彈的威力他絕對很清楚，老闆也沒有誤賣。

……真想買一顆。

「咳咳……」

幾種立即見效的藥物用下去後，哈維恩緩緩睜開眼睛，目光仍有點渙散，過好幾秒焦距終於集中，轉向我的位置。「異靈……」

「沒死，但分屍了，現在落在九瀾手裡。」說起來，異靈落在九瀾手裡不知道會不會死？我猛地就想到這個問題，總感覺好像會死，可是按照九瀾的性格，說不定會維持在某種要死不活、讓他歡天喜地研究的狀態。

感覺有點不妙，萬一異靈從他的收藏室炸出來就可怕了，畢竟這傢伙隨時一臉可以創造黑暗能量的樣子。

看來得要提早告訴大哥和琳婗西娜雅這個問題，雖然可能會造成九瀾的戰利品全被沒收就是。

「他手上……有……陰影碎片……」哈維恩喘了幾口氣，米納斯餵了幾口水過去，聲音才變大一點：「要……用在我身上……還有更危險的……氣味……所以一口氣燒盡……」

除了魔神碎片外，還有陰影碎片？

這倒是出乎我的意料，然而也不太意外，先前就出現過意圖用陰影碎片作祟的事，畢竟異靈大多有與黑術師等邪惡掛勾。難怪哈維恩會直接核爆，原來是貝爾同時擁有陰影碎片與魔神碎片，目前看上去，這兩種物品都被炸乾淨了。

但為什麼要將陰影碎片用在哈維恩身上？

除去死亡的選項，有什麼理由要把他轉為鬼族？

我是不太相信病毒球那句很簡單的「給它」，總覺得有其他我們沒想到的用意。

陰暗處，消失一小段時間的討厭球體又慢慢浮現，不曉得受什麼影響，這次的幻影並沒有很完整，有種像是訊號被影響般，斷斷續續地閃爍，就在那端用透著陰險意味的視線盯著我們看，丁點聲音都沒有發出來。

不過對於異靈被炸掉這件事感到不滿的情緒我是感覺到了，反正它不高興我就高興了。

「有東西靠近。」魔龍聲音傳來，提示我們附近有更大的妖魔接近，隨著爆炸威力逸散，強大的妖魔逐漸不受影響，有的甚至從外圍安全處開始吞吃那些失去意識的魔物，詭異的撕扯吞嚥聲不時傳來。只是這些東西現在我都可以感覺得到、甚至能夠應付，不用特別提醒，所以逼近的應該是更強大的東西。

下秒，一個人直接撞在陣地結界上。

不，不是人，應該說是一張人皮。

那個人形並沒有鼓起來的「肉體」，而是很薄的一層，鮮血淋漓地由高處被重力甩下，急速撞擊在結界壁上，將最後一點模樣撞爛，就這樣血肉模糊地沾黏著，被結界壁自我淨化、燃燒剝除。

而在那之前，我們已經辨認出來這層皮的來源——

人類。

米納斯結出一層水殼，將哈維恩覆蓋。

我抬頭看著上頭飛來人皮的方位，懸浮在空中的是老熟人夏姆特，不知怎麼從公會營地那堆資深袍級手裡掙脫，異靈看起來臉色緊繃，一身紅衣覆滿了血液與不明液體，手上法杖數處受損，紫黑毒素煙霧從那幾處缺角散出。

她從哪裡剝了那塊人皮可想而知，小營地那邊恐怕狀況危急，但她一脫離不是逃跑而是追上我們，某方面來說也有奇怪的毅力。

九瀾持著笑骷髏擋在我身前，難得放棄滿地屍體，注視著慢慢飄下的女性異靈。

「你……眞的眞的，很喜歡那些白色種族呢。」夏姆特抬起手，屈指敲敲結界壁，在上面震出連串不友善的裂痕，卻沒有進一步叩破，即使她有能耐；然而她大約是帶著戲弄籠中鳥的心態，只繞著壁外慢吞吞地踏著步伐，不時叩裂守護術法。「原本，我想要的是小流越，因爲他陪伴我好長的時間，我不希望殺死他了，而是將他煉製、保留下來當成寵物餵養，一同觀看這個世界吞噬掉最後一口氣。」

頓了頓，異靈彎起美麗的眼睛，炯炯地直視我們：「但現在我覺得，小寵物多一些也可以，而且有點合作也是不錯的事情……眞該感謝你們進入這個小地方，我記起了以前很多有意思的事，舍斯弭大人也會很喜歡你們的。」

嗯？

乍聽見有點耳熟的名字，我一愣。

那不是「吞噬」魔神的名字嗎？

「舍斯弭……的異靈？」不知道該說巧或不巧，眼前異靈侍奉的魔神被羽族天空城直接撞爆，然後它所屬的異靈又在瑟菲雅格這裡被關了四千年，或是八百年。這對主僕是天生和羽族相沖嗎？

以後遇到羽族你們眞的應該要繞路走。

「你也知道舍斯弭大人嗎？」夏姆特眼前一亮，雙手直接按在結界壁，面露愉悅地說：「我一直在替舍斯弭大人尋找很多很多的靈魂能量與美好記憶，幻獸島裡啊，有很多這樣的東西。」

說到魔神，原先恐怖殘忍的異靈莫名露出天眞的神情，還有止不住的懷念神色。

「我吞食了很多，一直捨不得消化，想要帶回去給至高無上的那位，但小流越與永恆術法造成了不少麻煩，害我一點一滴地快吃完了。」說到這裡，女性遺憾地摸著平坦的腹部，似乎很不捨那些美味。

我怔了幾秒，意識到難以對流越啓齒的可怕事實。

按照夏姆特所言，恐怕她吞噬的那些人並沒有立即消失，而是在封閉孤島中的這段漫長時間裡緩慢被消化掉，而攻擊力強悍的流越也是造成她加速「消化」的原因之一。

該怎麼告訴流越及其他倖存者這件事？

無法開口。

一隻手掌抓住我的肩膀。

「不要被影響。」九瀾微微偏頭，難得正經地說：「隨便她說什麼都別信，被異靈入口的靈魂不管怎樣都回不去，她只是在動搖你。」

我還沒說話，夏姆特就嘖嘖了幾聲，搖著細長蒼白的手指，露出美艷的笑容，接著緩緩張開嘴，深色的舌頭捲出一小團泛著虛弱淡光的物體。「你看，還是有沒消化的喔，我可沒有說謊。」

這秒，我右手抓住短槍，朝著異靈的喉嚨直接一發。

夏姆特倏地扭頭躲開這槍，並把小光球捲回口裡，不過她還沒做出吞食的動作，迴轉的子彈先擊中她的後頸，撕裂整個喉部，連帶將那團光暈捲進陣地結界內，被俯衝而來的小飛碟含住，穩妥地送到我手中。

確認過靈魂氣息，的確是某種幻獸，雖然極為虛弱，卻沒有被污染，可能出自於奇怪的食癖，夏姆特竟然將靈魂保持得非常完好，如她所言，貯存在肚子裡面。

九瀾罵了句話，接手收起那抹靈魂。

遭擊的夏姆特只花了幾秒就復原如初，重新貼到結界壁上，笑吟吟地盯著我們：「消滅我，其他食物也會一起被消滅喔。」

雖然不知道她怎麼逃過公會布置的神魔陣，現在看起來恐怕是件好事，否則神魔陣會連她肚子裡那些靈魂一起毀滅。

「你還想要嗎？」夏姆特再度用舌頭捲出一個光團，這次她身周環繞著黑霧，無法像剛剛一樣，出其不意給她一發子彈了。「沒吃完的，還有五、六個呢……有個很美味的我想要給舌斯弭大人，還在喔。」

我抓住九瀾的手臂制止他的動作，微瞇起眼，與異靈對視：「妳想要什麼？特意出現在我們面前，想做什麼？從這裡離開嗎？」

「從這裡離開……不死，那就是早晚的事情呢。」認眞思考了片刻，夏姆特回答：「果然還是想要小流越，即使是屍體也好，還有妖師也很歡迎，妖師原本就應該與我們同一陣線，只要取得這個世界，就會有很多有趣的東西可以收入囊中。」

「洗洗睡。」對於她的妄想，我只總結三個字。

「哎呀，你們不要這些東西了嗎？」異靈狡猾地撫摸著腹部，眨著美眸一一掃過我們。

「在那之前，沒想過我們也可以把妳開膛破肚嗎。」我彈了記手指，五、六頭恐怖力量凝結的黑豹撲上異靈周邊環繞的結界，啃食那些黑霧。

「那也可以，就看你快還是我消化快了。」夏姆特舔舔嘴角。

我讓黑豹們散開。

「這樣就沒得談了。」果然和異靈沒有道理可講。

血色光芒在異靈腹部一閃而過，向上斜飛的刀影撕開女性的胸腹，隨著黑色血肉噴濺而出的，還有幾團刻意被釋出、來不及收回去的小光點。

異靈被我吸引注意力，沒察覺到已經近身的九瀾一把抓住那些光點，旋身揮舞鐮刀又補上一刀，斬飛女性頭顱。

夏姆特伸長手抓住自己的腦袋，穩穩地安回脖子上，被撕開的身體碎肉也翻回身上快速癒合。「偷襲啊？」

「得者為勝啊。」九瀾轉身回到陣地結界，將那些小光點收起。「搞手段也不是只有妳一家。」

異靈握起拳頭，朝結界壁砸了一拳，防禦力極高的陣地結界直接被破壞出一個洞，她片片掰開殘損的術法，然後踏進結界內。「搶糧食總是不好的，我不想餓肚子，所以還我吧。」

笑骷髏被九瀾戳進地面，轉化為第二型態。

「亡靈兵器對我不太管用喔。」夏姆特朝身邊浮出的兵器形體隨手一拂，瓦解掉部分變化。

「所以只是誘餌。」我將九瀾擋到身後，米納斯極快地把人圍進水幕裡，整個地面浮現預先被我埋入的黑色陣法，匯集了妖師的恐怖力量與小飛碟的極致增幅，還有哈維恩替我預備的水晶力量。「說眞的，這個的威力我也不曉得，畢竟是祖先遺留在血脈裡的傳承。」

而且，我那個祖先，超級亂來。

※

「哇，你的傳承有夠亂來。」

米納斯的水幕再度揭開後，九瀾環顧著周圍完全變成空曠區域的焦黑大平地，完全看不出來幾分鐘前這裡還有零碎遺跡。

我趴在地上，經歷了一次瞬間燒光全身力量與精神力的洗禮，現在疲憊到像坨用光紅藍條的史萊姆。

馬的這個傳承不能隨便亂用了。

九瀾把我拖進水花組成的小結界裡，妖師的攻擊大陣不但把異靈轟飛了，還把我們的陣地結界也噴掉，四周的妖魔鬼怪包括屍體全都消失。九瀾沒有和我翻臉大概是因爲最主要的貝爾屍體他已經撿好了，其餘該收的大致也收好了，不然他現在恐怕會找我拚命……我是不能拚了，應該會被他拖去挖內臟。

一邊的哈維恩支撐起身體，啞口無言地望著我，目光赤裸裸寫滿「爲什麼又要亂來」之類的譴責。

……希望未來要給子孫埋血脈傳承的人都可以好好寫一份說明書，不然你家子孫可能會不經意就原地自爆，例如我。

鬼知道爲什麼祖先隱藏的初等傳承威力會這麼大。

說好的循序漸進呢？

重新設了個陣地結界，九瀾揮手阻止米納斯想治療我的動作，平空掏出幾個罐子塞在我身上。「別浪費力氣，喝這個就好，他只是被榨乾精力。」

我翻翻罐子，除了精靈飲料，居然還有針對黑色種族的補充液，可謂設想得很周到。也對，既然有妖師一族加盟，戰場上就少不了黑色種族，醫療班手上會有這些東西很正常。

叼著其中一罐開始補充紅藍條，我趴在米納斯塞來的水枕上打量周圍，雖然威力很強，但並沒有把夏姆特弄死或分屍，我可以感覺到異靈雖然被炸飛，但四肢俱全，大概就是比較難復元的重傷吧，看來對異靈的殺傷力比哈維恩那顆核彈低多了，彰顯我的實力還不足以完全驅使這個祖先留下來的攻擊陣法。

所以說，爲什麼不能傳承一些比較平易近人、不用殺敵一百自損九十九的東西？沒想過實力不足的傳人很可能用完啪嘰倒地，然後被反殺嗎？

我瞇起眼，隱約好像可以看見某人猖狂的面容，然後冷笑表示：不能完全使用的都是廢物。

「在引來其他東西之前，先回營地吧。」九瀾嗅嗅空氣，和我一樣可以聞到灼熱氣流裡飄來更多腐臭的氣味，那是被二度爆炸引誘來的更多魔物，還有土地之下某些仍在沉眠的存在開始蠢蠢欲動的跡象。

雖然無法召出黑鷹，但九瀾身上有公會營地的各個座標，即便可能在路上被攔截，我們還是用了稍有危險的短距離傳送陣，幸好沒有在中途被襲擊，順利傳送到一處有點眼生的營地——矗立著醫療班的圖騰大旗，看來是醫療班主營地。

比起小營地，這裡明顯較多藍袍，可感覺到不少垂死掙扎的腐朽氣息。

猛看見九瀾出現，好幾名藍袍湊過來替我們淨化一身毒素與污染，接著有條不紊地將我們送進空帳篷裡，附帶一整套醫療班專用藥物與器具。

這時我已恢復些許力氣，至少沒有軟趴趴，可以靠著東西坐起。

「靈魂的事情我會處理。」九瀾開口說出我擔憂的事，可能他也覺得挺麻煩的，因爲這種事告知當事人是種傷害，不告知又憂慮異靈還有後招，因此語氣有點糾結：「啊……丟給老大處理好了，談判是他的專長。」

等等並不是談判吧！

說人人到，營地入口又傳來一陣騷動，這次進來的是千冬歲一行人，萊恩與西瑞一左一右扶著大哥，除了千冬歲和西穆德，幾人看上去略顯狼狽，其他殺手家族的凶獸並沒有跟上來。

西瑞遠遠就看見我們所在的帳篷，一把搶過他家老大，扛著就跑過來。「漾～！」

從萊恩口中得知第二次被魔神碎片引動異變的魔將軍也不好對付……應該說二次實力提升後，巨魔階級極限逼近魔王，幸好在成爲魔王級之前被千冬歲和大哥擋住，加上西穆德因長時間沾染血氣而越來越強悍的實力，終於把那隻巨魔給掛掉，收復十號戰地。

羅耶伊亞家族的隊伍正在針對土地進行初步淨化與設置新戰線，將孤島收復區域往內推進一大步。

「老大要恢復本源。」西瑞把他大哥塞到帳篷內的床上，後者其實沒有喪失意識，仍一如往常般威風凜凜，只是身上有幾道傷口，看起來比較驚人。

「無事。」大哥擺擺手，表示自己沒太大問題。

「哈？要不是本大爺，你有力氣走到這裡嗎？」西瑞極不客氣地抬腳要踹他哥，接著被一把抓住腳踝，往旁邊丟開。

「安啦，老大是變異凶獸，自癒力很強。」九瀾一樣掏幾個罐子丟給大哥，連同靈魂與難題一起拋出去，轉身開始檢查其他人，並且一一對著人家的肉體流出期盼的口水。

被迫接手好幾個盛裝靈魂的水晶，閉著眼的大哥難得微皺起眉。

說這件事時，千冬歲和萊恩在外頭向公會駐點回報任務、沒有聽見，哈維恩就在場所以原本就知道，和大哥同樣當場得知的西瑞及西穆德三人表情迥異，各有所思。

雖然有點缺德，但在場沒有一個人發自內心願意去告知流越這件事，如果不是牽扯到可能還有其他魂靈在異靈的肚子裡，我相信包括九瀾，大家其實更想把這件事永遠爛在肚子裡。

大哥罕見地嘆了口氣，如同霸總在翻合約時，看見產業鏈出現不好處理的難纏問題。

然而怕什麼就會來什麼。

就在大家紛紛陷入沉默，集思廣益、想方設法要怎麼用最溫和的方式告知流越時，營地外展開了大大的術法圈，持著法杖的黑衣大祭司踏入陣地結界。

「你們還好嗎？我聽說出現兩名異靈。」

有點懷念的公頻道在大家腦袋裡響起，大祭司都還沒走到帳篷就先傳來關懷的話語：「我來為大家重新製作保護術法……」

溫馨的氣氛還沒完全鋪展，眨眼結束。

原先熱鬧的醫療班營地剎那間轉為肅殺氛圍，全部人包括原先在治療的袍級、種族聯盟全衝出，以大祭司為首，集體轉向陣地結界右側不顯眼的位置。

我又隱約看見病毒球的幻影搖晃，發出可憎的惡意笑聲。

「嗨，小流越，我好想念你啊。」

站在營地外的女性異靈揮揮手，起碼九成以上燒焦腐爛的身軀纏繞著抑制癒合的恐怖力量，一身模糊猙獰，卻沒有阻礙她發出甜美又邪惡的聲音——

「你知道嗎，蜃光大祭司的味道，非常美好喔。」

《特殊傳說Ⅲ・08》完

番外　歸期

呼……呼呼……

「醒醒。」

被人輕輕推醒時，她還有些迷濛地揉著眼睛。

陽光自大樹細密的葉間散落，碎碎點點地落進樹洞裡面。

樹洞外，綁著兩條紅棕色辮子的少女露出帶著酒窩的可愛笑容，在細碎陽光裡顯得極爲耀人，溫柔的聲音一如往常催促道：「待會兒有羽族大祭司的術法指導課，快醒來。」

她甩動毛茸茸的大尾巴，慢吞吞地張大嘴巴、打了個哈欠，抓住尾巴遮擋在臉上，睡意依舊，模模糊糊地說：「……可是我只是一隻幻獸啊。」爲什麼一隻小小的幻獸要學會那麼多的術法呢？簡直強獸所難嘛，天氣這麼好，爲什麼不睡覺呢。

「醒醒。」少女早習慣她的擺爛，柔軟的手指帶著光點又戳了戳蓬鬆的尾巴。

「睡覺嘛……一起睡覺……」她抱著少女的手，討好地蹭了蹭。

眾所皆知，各式各樣的獸形種族當中，被劃分爲幻獸系的群體很多沒有那麼強的實力，更強的那些叫作獸王族，他們只是與獸王族相似，擁有不同的獸類本形，但如果打起來，大部分都會被獸王族打得亂七八糟，除了頂尖的某些傳奇幻獸，例如飛狼、獨角獸等等……

但不包含他們這些弱弱又平凡無奇的小幻獸。

「大祭司帶著滿滿一大袋的精靈餅乾喔。」雙辮子的少女收回手，在空中畫了一個大大的圓圈。

「我去！」她瞬間清醒，從樹洞裡跳起來，三兩步順著手臂蹦上少女的肩膀，用小爪子緊緊抓住羽族充滿特色的服飾，腦袋往少女白皙的臉頰上蹭了蹭。「我要兩片餅乾……三片餅乾！」精靈的餅乾最好吃啦，香香甜甜的，一片可以吃很久很久不會餓。

「領到的都給妳。」少女笑著，展開獵鷹似的翅膀，使用風術法輔助，在晴朗天空下畫出一道漂亮的軌跡，很快就到達有金色樹葉的大樹底下。這時樹下已有許多小幻獸，兔形、犬形、鳥形，或是飛狼與獨角獸的幼獸，各種小幻獸們掰開爪子，正試圖回憶先前大祭司教過的簡單術法，一隻白色的三尾貓爪子沒扭好，甩出一顆小火球掉到前面的小黑犬腦袋上，立即出現一連串慘吠。

旁側看不下去的妖精族小孩連忙撲熄差點讓人滅頂的小火星。禿了一塊的黑犬追著三尾貓咬。

瑟菲雅格島，由幻獸、羽族、妖精組成。

最開始此處是獨角獸們的出生地，大批大批的獨角獸們由海上島嶼誕生，並向外踏足、開始漫長一生的旅行，隨後各式各樣的小幻獸被純淨氣息吸引聚集而來，接著是偶然經過的少量羽族製作了浮空島住下，最後是漂流而來的妖精慢慢形成自己的小居地。

從單一發展至多元，偶爾會因爲種族不同有小小的摩擦，但經常都在小幻獸們明亮的大眼睛裡消弭。

畢竟，誰也不想在那些單純到可怕的眼裡倒映出自己負面的表情。

目前，大家和諧地一起共存。

浮空島上的大祭司常會到幻獸們聚集的地方教授一些簡單術法，或是講述海島外許許多多的故事，還會帶幻獸們都很喜歡的精靈餅乾，所以小動物們即使常常搞不太清楚太複雜的術法，仍然相當喜歡羽族的大祭司們。

「潮舞、樂樂，這裡。」

黃金樹下，收斂著黑色羽翅的男孩對少女揮揮手。

「謝啦！」少女跳過幾隻小兔子幻獸，一屁股坐到男孩身邊的空位，抬起手讓肩上的小幻獸順著手臂跳到自己屈起的膝蓋上。

她──樂樂揚起小爪子，對著男孩搖搖，「小流越午安。」

「樂樂午安。」男孩彎起乾淨的笑容。

小幻獸即使對人形生物的美醜沒有太大的感覺，還是覺得這位朋友笑起來非常好看，她相當喜歡。

喚作潮舞的少女趁著大祭司還沒來，取出以葉子包裹的幾片米白色小糕點分給兩名友人。「雷妖精他們上個月有商隊去了妖精族大城，清晨返島帶了好多吃的回來，這是我一大早溜過去妖精村裡買的，水妖精名點。」

男孩收下禮物，小心翼翼地從黑色的袖袍裡取出兩個小袋子遞給友人們。「父親給我的，很好吃。」

少女和小幻獸打開袋子，小幻獸發出驚呼，「好多精靈小餅乾！」

不是兩片也不是三片，裡面整整有十片！而且旁邊還有很大一塊精靈糕點，聞起來都甜甜香香！

「呦呦，看我聽到什麼，好多的精靈小餅乾。」一隻手伸過來，從袋子裡夾走一片綴著漂亮花瓣的餅乾。

小幻獸張大嘴巴驚呆了，沒想到卑鄙無恥的獨角獸竟然會搶小動物的餅乾。

一邊較年長的白色獨角獸難以直視同族的行徑，一腳蹄從人形青年的屁股踹下去，把叼著小餅乾的青年踢得向前一個踉蹌，差點撞飛一群飛狼小幼獸，遭到帶孩子的人飛狼齜牙以對。

「你怎麼可以搶小孩的東西吃。」同樣瞪大眼睛的潮舞連忙把呈現震驚呆滯樣的小幻獸的餅乾袋綁起來。

「小潮舞～小流越～」被踹的青年回過身，對周邊一圈小動物的譴責目光視若無睹，很親切地坐到兩人旁邊，把餅乾嚼下去的同時，拿出一袋東西放到松鼠小幻獸僵硬的爪子上。「這賠妳吧，小樂樂。」

小幻獸腦袋空白，還處於被搶餅乾的驚嚇中，但下意識打開了與她身體一樣大的袋子，接著又張大嘴。「好多好多的小餅乾！」

一樣的精靈小餅乾，滿滿一個袋子，至少有二十片……不，搞不好有一百片！

見松鼠被哄得眉開眼笑，青年往小幻獸的腦袋戳了一下，笑咪咪地轉向兩個小朋友：「看吧，她開心了。」

「……」潮舞不知道要如何評價對方。

所以你明明有一樣的東西，為什麼要搶人家小動物吃的呢？

男孩幫開開心心的小幻獸將餅乾塞入儲物術法裡，倒是沒有對青年的作為有特別評價。生活在幻獸島，大家都知道青年奇怪的惡趣味，老喜歡耍玩小動物，這點從他開始學習幻形後更加明顯，但小動物們還是很喜歡他，大概因為欺負完總是會像這樣給糖吧，小動物單純，拿到好吃的轉頭就忘記被耍弄到哇哇叫的事，還時常追在獨角獸屁股後面跑。

樂樂捧著一片小餅乾，吃到一半時大祭司就來了，她連忙全都塞到嘴裡，鼓著臉頰開始和大家一樣拗爪子學術法。

幻獸島每天都很快樂。

※

即使是小幻獸，壽命依舊比一般動物長很多。

就算是一年裡有許多時間都在吃吃睡睡的樂樂也一樣，她活過很多四季，也吃過很多次大祭司上課後發給他們的小餅乾。

她在樹梢上見過劃破夜空的不祥黑火，見過遠方的海洋被染成鮮紅，也見過許多島上幻獸的送別。

但她一直覺得瑟菲格雅的快樂會永遠永遠持續下去。

雖然好像有很多羽族、妖精和幻獸們開始離島，然而總有不少人會回到島上，繼續告訴他們外界的故事，給他們帶來很多外界奇奇怪怪的食物。

「樂樂，醒醒。」潮舞的手伸進樹洞，將沉睡的小幻獸戳起來，順勢揪揪柔軟的大尾巴。

「小流越要晉升正式祭司啦，我們去參加他的典禮。」

樂樂跳到已經變得成熟的羽族女戰士身上，一如往常地用小爪子揪住對方的肩甲。

他們到達浮空島神殿時，常常搶奪小餅乾的獨角獸已在外頭，白色的幻獸高潔無瑕地昂著頭顱，跟隨著獨角獸王隊伍參加新一批年輕祭司們的觀禮。

許許多多來自各地的羽族們送來賀禮，也帶來一點不怎麼好的消息。

樂樂在潮舞的肩甲上聽著那些她不太理解的情報，好多沒聽過的地名出現鬼族和怪異的壞蛋、巨蟲，自由戰場上又有很多人死了，大家都在為這些死亡哀悼，神殿祭司們也不斷地替無法向往安息之地的亡靈祈禱。

「遲早我也會去戰場。」

潮舞轉動著長刀，在大樹下練習的身姿既優美又銳利，一道道風挾帶著樹葉在她身邊旋轉著圈，灑落的陽光碎點如同寶石，明明滅滅地隨著樹葉盤旋。

樂樂蹲在樹洞口，捧著小餅乾歪過腦袋。「那妳也要去好久好久。」就和其他離島的人一樣，這樣她就有很多天沒法看見潮舞了。

「嗯，等我成爲菁英武士後，我想跟隨蜃光大祭司去海外掃蕩邪惡。」潮舞相當崇拜蜃光大祭司，因此目標是成爲大祭司的直屬護衛。黃金樹下教授術法的如果是蜃光大祭司，她一定都會拎著樂樂去聽課，不管有沒有小餅乾都不缺席。

因此，樂樂拗了很久的爪子，終於學會了一個蜃光大祭司教的術法。

上回她就拿這個術法直射想要偷看蜃光大祭司的壞獨角獸屁股。

潮舞進步得很快。

樂樂在樹洞口看著潮舞一年又一年地練習，妖精們慶祝過四次新年祭典後，潮舞就成爲她最想擔當的護衛，得到了菁英武士的頭銜，跟隨蜃光大祭司離島。

這時候，流越已經是大祭司儲備候選人之一。

「樂樂，醒醒。」

潮舞不在的這段時間，黑袍祭司每隔幾天就會出現在樹洞口，搖醒酣眠的小幻獸，將羽族武士捎回的小餅乾交給她。

自由戰場很大，見聞很多，潮舞每到一個地方，遇到不同種族時，都記得與對方交易小餅乾，並不限於精靈族，然後透過術法或同族傳回幻獸島，經過黑袍祭司的手，輾轉送到小小爪子上。

但不是每個種族的小餅乾都很好吃，樂樂針對所有餅乾排出了喜好順序，最後決定還是精靈的小餅乾最好吃。

有時流越會帶來一些消息，羽族武士在戰場上大顯神威，驅逐了很多邪惡勢力，跟隨著大祭司救下一座又一座脆弱的村莊，樂樂則是用力拍著自己的小爪子，滿眼崇拜。

黑袍祭司也會教她拗爪子。

樂樂苦惱地在監督下努力的掰爪爪，後來學會了噴小火球，在壞獨角獸又要拿她小餅乾時，把火球吐到那隻壞手上，趕跑了壞獨角獸。

但很快樂樂就發現，壞獨角獸跑掉之後，她就沒有更多小餅乾了……只好不再把小火球噴到獨角獸手上。

「小樂樂醒醒～」

偶爾，獨角獸青年的手也會使壞地揪著小幻獸的大尾巴，將她從樹洞裡拉出來。

不知道第幾次的妖精新年祭典過去了，獨角獸青年捏著小幻獸鼓鼓的臉頰，笑得很糟糕。

「妳要錯過小流越成爲大祭司的典禮啦。」

她張大嘴巴，踹掉獨角獸的壞手，張開自己終於長出來的翅膀，飛往羽族的神殿。

羽族的浮空島很高，她飛得有點累，幸好在路上遇到飛狼群，跳到飛狼的背上乘了一路的順風車，最後在神殿屋頂上和其他小幻獸們擠在一起，看著黑袍祭司接下大祭司法杖，正式成爲浮空島大祭司之一。

樂樂記得潮舞說過，他們是月亮的羽族，所以流越之後也會變成月亮羽族的大祭司，開始教更多小幻獸拗爪子。

在持續拗爪爪的歲月中，她又學會了幫自己包一層防護殼，可以一邊飛，一邊包著防禦，然後吐火球。

雖然有點累，但還是很快樂。

只是潮舞什麼時候回來呢？

她不想要很多很多小餅乾了，她想潮舞了。

……

……

「妳說像我一樣？」

獨角獸青年在小幻獸罕見主動靠近他、並詢問問題後，露出有些意外的表情。

樂樂點點頭，「像式青一樣，長成大大的樣子，把手腳拉長長的，然後去找潮舞。」在她眼裡，羽族和大型的幻獸才會離開幻獸島，所以她只要變成像他們一樣，就可以離開幻獸島了吧。

「唔……但我是因爲我本來就很厲害啊。」青年相當不要臉地誇讚自己好半晌，最後才在小幻獸無言的眼神中回到正題。「除了本相轉換，變成人形或其他獸形對幻獸來說會有點難喔，妳可能要經過一百個新年祭典，或者叫小流越幫妳做個化形術法，但如果是小流越幫忙，我不建議妳離島。還是妳要找個人簽訂幻獸契約呢？可以與契約者共享力量。」

「不要，潮舞說不能簽訂幻獸契約，會死翹翹。」樂樂甩甩大尾巴，記得好友非常嚴肅地告訴她，像她這樣的小幻獸簽訂幻獸契約之後，會變成肉餅，不管是誰找她、給她多少小餅乾都不准簽，否則絕交。

「喔也是，應該可以一巴掌拍死妳。」青年看著小幻獸，同意羽族戰士的警語。

「所以要像式青一樣。」樂樂強調。

壞獨角獸最後沒有親自教她，因爲壞獨角獸表示他太厲害了，變成人形是很自然的事，所以他找了同族教她基礎的幻獸幻形方式，與幾種適用術法。

後來除了黑袍祭司，樂樂又跟著黑色獨角獸進行漫長且痛苦的拗爪子之旅。

可能是有點同情小幻獸修行不易，黑色獨角獸向獨角獸王申請，帶小幻獸進入獨角獸棲息地幾次，督促她吸收不少純淨氣息，讓其他獨角獸們贈予祝福。

最後黑色獨角獸終於成功讓小幻獸變成了——有迷你人臉的小松鼠。

「哈哈哈哈哈哈哈哈！」

壞獨角獸笑得滿地打滾。

樂樂氣死了，追著壞獨角獸吐火球。

黑色獨角獸萎靡了一整天，被無數同族憐憫地拍蹄鼓勵。

隔天，黑色獨角獸繼續堅強地教小幻獸擺動爪子。

※

「樂樂，醒醒。」

日升月落，偶爾會飄進的罕見大雪覆蓋了幾次幻獸島。

黑色獨角獸搖醒癱在樹洞裡的小幻獸，盡責地告知：「蜃光大祭司回來了。」

自由戰場上的羽族和幻獸回來了一部分，但潮舞沒有回來，蜃光大祭司將被託付的餅乾交給小幻獸，並告訴她，潮舞前往精靈族戰場，與其他羽族同伴一起輔助精靈們擊退大魔王。羽族戰士的名字已小有名氣，海外的世界有吟遊詩人為她編唱了優美的歌曲，描述她揮刀時如起舞般的凌厲美艷姿態。

樂樂打開朋友的儲物包裹，裡面有一卷信，潮舞在上頭畫了很多有趣的圖案，記錄了各種小故事，還有很多冰精靈的小餅乾，不只十片、二十片，足足有一百片。

潮舞告訴她，冰牙族的小餅乾很好吃，她在冰精靈的街道上買了很多，友善的冰精靈甚至送了她不少小幻獸食用的糕點。

一百片小餅乾的旁邊，還有收納很多糕點的水晶盒。

但是潮舞的信上並沒有說她什麼時候回來。

樂樂把小餅乾分給黑袍大祭司，分給黑色獨角獸，還分給壞獨角獸，然後留了一份在水晶盒裡，等著潮舞回來時，一起在黃金樹下吃。

希望她明天就會回來。

不知道什麼時候開始，幻獸島上陸續有小動物出現奇怪的疾病。

有些可以治好，但也很多治不好。

羽族從浮空島下來，妖精們從村莊裡趕來，奇怪的疾病依舊靜悄悄蔓延，像無聲的惡獸一點一滴吞食掉很多幼小無力的幻獸，甚至有妖精小孩在村莊裡倒下。

樂樂這幾年跟著黑袍大祭司和獨角獸學術法，幸運地沒有被疾病侵蝕。

她跳到黑色獨角獸的背上，跟著獨角獸們去淨化很多地方，但她太小了，力量微弱，只能看著獨角獸們焦頭爛額地四處奔波，卻依然無法阻擋越來越多的水與樹失去氣息，獨角獸王甚至很努力才能讓疾病從風裡消失。

幻獸島被污染了。

大家都這麼說著。

每天早上醒來，都有新的幻獸變成屍體，有時候很遠，有時候很近。

樂樂睜開眼睛時，看見樹洞下蜷著渾身發黑的三尾貓，瞪大的眼珠散發絕望與恐懼，渾身早已僵冷。

又是痛苦的一天。

原來之前天天拗爪子並不痛苦，看著屍體被淨化後消散在風裡，才眞的很痛苦。

樂樂越來越不敢在樹洞裡睡著，她拍著翅膀，跳到黑色獨角獸背上瑟瑟發抖，不明白爲什麼快樂的幻獸島會充滿死亡。

能夠變回原本的模樣嗎？

黑色獨角獸不知道，黑袍大祭司也不知道，壞獨角獸則是沉默以對。

他們只能更疲於淨化，在更多地方布置守護術法，攜手合力將數不盡的污染源從島內消滅。

樂樂有很多天沒有閉上眼睛了，每次閉眼都感到害怕，直到有一天黑袍大祭司嘆息地將她放回樹洞裡，在她額頭點了入睡的小術法，她才渾渾噩噩地回到夢裡。

夢中，雙辮子的少女在遠處朝她揮手。

那時很快樂，她可以跳到少女的肩膀上，然後一起去黃金樹下排隊領取大祭司發的精靈小餅乾。

夢裡沒有疾病也沒有污染，所有人都很開心。

「潮舞什麼時候回來呀？」

醒來時，小幻獸眨著大眼睛，孤單又寂寞地自言自語。

很想妳了。

本來想留著一起吃的精靈小餅乾，她一片一片發給生病的小幻獸們作為撫慰，但很多小幻獸只來得及含著，尚未嚥下就閉上眼睛永遠睡去，小餅乾也慢慢地發完了，一片都不剩。

沒有新的餅乾再寄回來。

潮舞的信也沒有出現。

樂樂在跟進治療小幻獸的某一天，猛然發現已經很久沒有潮舞的消息，幻獸島的悲傷覆蓋了外界的戰場傳聞，她甚至沒有時間詢問蜃光大祭司關於潮舞的歸期。

她只能看著幻獸島一點一點沉淪，開始不確定她是否能等到潮舞回家。

又該怎麼解釋，她們的家變成這樣子了呢？

小幻獸停在呈現頹勢的黃金樹上，惶然無措地望著黑壓壓的天空。

※

「——！」

「————！」

「樂樂！」

「快醒醒！」

「樂樂！」

大樹被重重撞了下，倚靠術法昏睡的小幻獸滾到另一側、撞上樹壁，渾渾噩噩地睜開眼。

樹洞外，是亮到令人雙眼刺痛的熊熊火光。

黑色獨角獸又是一個猛烈的撞擊，將小幻獸從樹洞裡撞出來，抬起蹄子就把還未弄清楚狀況的小幻獸踢出去很遠。

樂樂打了個滾、翻起身，腦袋瞬間清晰，一眼看見的是被她撞上的飛狼屍體，平日會打鬧的巨大飛狼橫躺在地，四肢與翅膀全被扯斷，少去一顆眼珠的面孔塡滿了驚慌，旁側則是小小的飛狼孩子發出嗚咽。

「原來在這裡。」

未曾聽過、彷彿由最污濁沼澤滋生出來的恐怖聲音從旁傳來，骯髒成一片黑暗的鬼族騎在魔獸上，尖銳的長指甲還在滴血，黃色眼睛的視線從飛狼的屍體轉移到小幻獸與小飛狼身上。

渾身顫抖的小飛狼勇敢地直起身，衝著鬼族憤怒咆哮。

樂樂在鬼族抬起掌的同時伸長了手，同樣變長的腳邁開步伐，她抱住比自己還要大的小飛狼躲開鬼族的利爪，翻滾到旁側，兩條紅棕色的辮子在她身邊甩開。

來不及感到幻形成功的喜悅，她抱著小飛狼，用手腳在地上奔跑，後面的鬼族正欲追上，被俯衝而來的黑色獨角獸撞開，在火焰前打成一團。

樂樂將小飛狼送進飛狼群裡，四肢並用地在燃燒的森林裡快速移動，翻出許多衰弱痛苦的小幻獸，努力將他們送到安全的地方……安全……

抬起頭，保護幻獸島的大結界被撕開，各式各樣原本籠罩他們的術法陣遭到破壞，許多水晶柱斷裂傾倒在地，入眼的每棵樹都在燃燒，從小樹苗到巨木，不斷發出慘叫的聲音。

哪裡安全？

她不知道哪裡安全。

恍惚之際，黑色的大翅膀在她身前張開，大祭司擊退一隻撲來的高階妖魔，少年白皙的面孔微微轉向她，冷肅地說：「海上長廊，走！」

銀色保護術法落在幻獸們身上，還能跑動的小幻獸們叼著虛弱的同伴拖出一條血路，死命地朝海上長廊狂奔。

穿過哭叫的大樹、穿過焦黑的土地、跳過燒灼的河流，越過無數扭曲變形的屍體。

數名獨角獸在海上長廊維持著守護術法，飛狼則擊斃更多從海面衝來的妖魔鬼怪，幾名羽族和妖精接應著全身是血的小幻獸群。

幻獸島在燃燒。

生命化爲蒸氣，隨著火焰消失於高空。

樂樂放下手上快要失去氣息的白狐狸，扭身跑回島上，人形的手腳上全是斑斑血跡，很多很多幻獸不同顏色的血液最後融聚成黑色，蓋在灼熱的土地上。

她看見壞獨角獸和獨角獸王將巨大的妖魔撕成好幾塊，混濁的血液濺在樹與土地上，腐蝕後出現紫黑的毒氣。

黑色獨角獸越過她的上方，落地時回過頭看了小幻獸一眼。「去海上長廊，離開瑟菲雅格，羽族很可能將啓用永恆術法。」

永恆術法是什麼樂樂不懂，大祭司教他們掰爪子時沒有這堂課，但大祭司曾重複講述過，如果哪一天羽族須要用到永恆術法，他們就必須跑，有多遠跑多遠，跑得遠遠的，不要回頭。

當時有小幻獸不理解什麼是跑得遠遠的，還問大祭司是不是從幻獸島的南邊跑到西邊那麼遠。

大祭司只是微笑著說，比那個更遠，必須跨越整片海域，到達另外一個新的陸地。

「快走！」

黑色獨角獸推了樂樂一把，往前躍過火海，踢在魔物的腦袋上。

她可以……

她可以……

她繼續奔跑著，抱起路上看見的小幻獸……

路上太多小幻獸、太多屍體，太多的火與毒，嗡鳴與毀天滅地的巨響充斥在幻獸島每一個地方，不論哪裡都是燃燒的地獄聲音。

她似乎跑到浮空島附近，這裡有著更多人形屍體，倒下的羽族翅膀都被撕去，站在另外一端的是黑髮的大祭司。

這是……

「蚤光大祭司？」

那位時常溫柔微笑著，在黃金樹下教他們掰爪子的和藹大祭司。

在大祭司身後，是咧開嘴巴啃食著孱弱羽族的魔將軍，而大祭司視若無睹，任由妖魔活生生地吞噬羽族。

樂樂不明白，但打從心底本能地瘋狂顫抖。

女性彎著奇特的笑意，對小幻獸伸出手，然而在接近前，揮舞的長刀擊退了大祭司，盔甲破碎的女武士抱起小幻獸幻化的人形少女往後躍開一大步。

熟悉的花香氣已被濃郁的鮮血惡臭覆蓋。

「潮舞！」樂樂大叫。

女武士半張被血覆蓋的面孔帶著柔和的微笑，「樂樂，我回來了。」

大祭司持著法杖，來回掃視兩人，最後目光定在潮舞身上，「是強大又美麗的靈魂……」

「異靈夏姆特！」潮舞咬牙，憤怒地瞪著偽裝成大祭司的邪惡之物。「妳竟然、竟然殺害蚤光大祭司——！還殺害了那麼多生命！」

披著優美外表的邪惡發出笑聲。

「吾主一視同仁……憎恨世界……」

「哭吧，喊吧逃吧，憤怒吧，用最慘烈的死亡唱出樂曲，成爲世界供奉給吾主的養料……」

「唯有更多的……吾主……更容易降臨……」

樂樂被抱在懷中，聽不清邪惡在說什麼。

她只知道大祭司很可怕，非常可怕，那個可怕的東西往她們慢慢走來。

潮舞以長刀在地上畫圈，將少女放到術法圈裡，最後朝她露出熟悉又破碎的笑容。

「快逃。」

※

樂樂被傳送到黃金樹下。

她看見遠方、潮舞所在的位置爆出巨大的血色光束，絕望又驚人的力量是她拗一輩子爪子都不可能達到的程度。

她不知道究竟是什麼撕裂瑟菲雅格，一路上聽到魔將軍、聽到邪神、聽到異靈，還聽到很多很多的鬼族與魔獸，好像最恐怖的東西如下雨般覆蓋了整座單純的幻獸島，然後將上面居住的生命一一淋濕溶解。

逃嗎？

逃得遠遠的。

離開幻獸島，跨越海域，到達世界的另外一頭。

樂樂人形消散，小幻獸趴在地面，本相切換，鼓脹成與飛狼同樣龐大的身軀，兩條毛茸茸的大尾巴在身後拉長，偌大的翅膀一振，她往潮舞所在位置而去。

一路上，她踩過撲來的魔物，踢開啃咬她尾巴的鬼族，看見奇怪的薄薄小灰影被她甩落在大後方，然後她穿過紅色的術法壁，看見邪惡大祭司掐著潮舞的脖子，從潮舞頭上取出一團小光球。

「還來——！」

紅色幻獸撲在邪惡身上，咬開大祭司的喉管，利爪劈開抓著光球的那隻手，然後奪回小光球飛往空中，烈焰火柱從嘴裡吐處，將火海撲滿地面，燒燬了被欺辱的羽族屍體，將魔將軍逼開好遠的距離，把邪惡祭司的身軀全都吞噬。

抱著潮舞的小光球，她飛出一段距離，最後因維持不住力量，變回了小幻獸的模樣翻倒在地。

再逃遠一點。

離開幻獸島，越過海域，去到新的陸地上，這樣潮舞就可以回到風裡，回到他們羽族的懷抱中。

尖銳的燒灼感穿透小幻獸的背部。

樂樂手腳用力抱著光球，大大的眼睛望著慢慢往她們方向走過來的邪惡祭司。

黑色的衣襬遮住她的視線，像是要將她們與那些可怕的事物隔離開來，大張的黑色羽翅引動了微風，銀青色的術法陣包裹住小幻獸與她始終沒有鬆手的光球，慢慢帶著她們往天空的方向飄浮。

她看見黑袍大祭司與邪惡祭司打在一起，周圍的空氣發出悲鳴，對撞的術法衝擊將附近的魔獸鬼族炸成碎片。

幻獸島依舊在焚燒。

術法帶著她們飄到海上，故鄉逐漸遠去。

樂樂感覺身體很冰冷，意識逐漸渙散，但懷裡的光球卻很溫暖，就像以往在樹洞被搖醒時，少女如陽光的微笑般。

「樂樂，醒醒。」

雙辮子的少女對她伸出手，讓她沿著手臂跳到肩膀上，小爪子揪住肩膀布料。

她伸長了手與腳，人形的模樣與最喜歡的女孩相同。

她蹭了蹭潮舞的臉頰，既開心又懷念。

潮舞抱著她，如往常一般笑著，在她額頭上親了親，大樹下的陽光在她們身邊打出明亮的光暈。

「我回來了。」

「不會再離開了。」

⁂

⋯⋯

…………

…………

「流越大祭司？」

經過無數歲月，幻獸島再度被開啓，焦黑的土地又一次迎回故人的足跡。

「小流越？」

式青看著停下腳步的羽族。

持著法杖的黑衣大祭司靜靜看著倒在一邊的漆黑巨木，早已被污染扭曲的焦木看不出原本的模樣與品種，斷成好幾截半嵌在地面，隱隱露出一個不知道是什麼生物曾居住過的小樹洞。

或許過去的他知道？

碎散的記憶帶來一道模糊的小小影子，以及些許懷念感。

式青往大祭司面對的方向看去，無法辨識巨木。

幻獸們離開孤島已經太久太久，尋找永凍者的旅程極爲漫長，許多記憶早在不斷尋找中褪色，他甚至記不太清楚島上有多少幻獸葬身於此。

「……在這裡製作一個陣地點吧。」流越以法杖輕輕敲扣地面，轉出偌大的法陣。

「但這裡不是預定的位置。」跟隨在後頭的公會袍級們不太明白原因，見大祭司似乎沒有改變主意，盡快地更新地圖，加上一處新的休息點，傳遞到公會聯盟各處。

公會聯盟已取回海域，將戰線推進島嶼外圍。

很快地，即將恢復部分守護陣。

外界失落數千年的孤島內部不斷群起騷動，累積數百年的邪惡物事棲息在黑暗的土地上，不斷滋長，直到此刻，依舊急速分裂著、鼓譟著，想要吞噬威脅，搶奪空間通道，從這個本該永恆封鎖的隔離世界衝出去，屠殺更多生靈。

「這次可以做到。」式青按住黑衣祭司的肩膀，勾起唇角。「雖然遲到很久，但是我們回來了，已經不是只有你們。」

他們終於找到援兵，找到回故鄉的路。

總有一天，他們也將恢復幻獸島原有的模樣，光明正大地回到出生大地上緬懷那些珍愛的過去，不再只是遙遠地看著海中幻影，竭力捕捉遙遠的回憶。

「你還記得那棵金色的樹嗎。」式青望著晦暗的前方，隨意指了個方向。「獨角獸王與飛狼王擔心小幻獸群過於單純，請求羽族撥空教導一些小幻獸們能使用的術法，本意是想讓小幻獸能多點防身的技巧，沒想到那之後大祭司經常來教授小朋友們，還替換輪班，認真到連妖精都跑來旁聽。」

那也是很久很久以前的回憶。

流越從支離破碎的記憶殘片中，隱約好似看見了不同小幻獸們在某個午後排排坐的畫面，大大小小的身影並不一致，坐得相當零散不整齊，卻有奇妙的和諧感。

「爲了讓那堆小蠢蛋乖乖聽課、時時學習，大祭司們請精靈族製作特別吸引幻獸的小餅乾，每隔一段時間就送來很多。」式青舔舔唇，他不記得小餅乾的味道了，數千年來，吃過的東西太多，早就覆蓋掉那一片薄薄的氣味，但得到小餅乾時那些亮晶晶的小眼睛，卻總是會在夢裡出現。「讓精靈們長期供應小餅乾的代價，是浮空島替精靈族製作了專用飛船。」

說來也好笑，明明是幻獸們的請求，結果付出代價的卻是羽族，善於守護術法的月守眾們勤勤懇懇地花了一段時間，精心雕琢出牢固無比的飛船，以此得到了一條專用餅乾管道，甚至還不是羽族自己要吃的。

但小幻獸們爲了幾片小餅乾，硬是乖乖來聽課了，甚至連妖精族的小孩也魚目混珠地出現在大樹底下，聽完課後與小幻獸們一起排隊領餅乾。

「大樹下……」

流越有些茫然，好像有這樣的事情，又好像沒有。

式青抬了抬手，有點想摸摸對方的頭，但又放下手，只是微微一笑。

「總有一天，會再出現的。」

「嗯。」

羽族轉向黑暗的大地。

在彼端，有著熟悉的邪惡氣息。

就像他知道對方正在等待他，藏於黑暗的存在也在期待他的到來。

然後，了卻失落的幻獸祕境從未結束的爭鬥。

「異靈，夏姆特。」

這次……是最後一次了吧。

〈歸期〉完

特殊傳說 III

THE UNIQUE LEGEND

天空島

後來歷史斷層就失傳了。

腳本／護玄
繪／紅麟

國家圖書館出版品預行編目資料

特殊傳說.III / 護玄 著.
——初版.——台北市：蓋亞文化，2024.02
冊；公分.

ISBN 978-626-384-072-0（第八冊：平裝）

863.57 112021933

悅讀館 RE398

特殊傳說III THE UNIQUE LEGEND vol. 08

作　　者　護玄
插　　畫　紅麟
封面設計　莊謹銘
特約編輯　黃致雲
總 編 輯　沈育如
發 行 人　陳常智
出 版 社　蓋亞文化有限公司
地址：台北市103承德路二段75巷35號1樓
電話：02-2558-5438　傳眞：02-2558-5439
電子信箱：gaea@gaeabooks.com.tw
投稿信箱：editor@gaeabooks.com.tw
郵撥帳號 19769541　戶名：蓋亞文化有限公司
法律顧問　宇達經貿法律事務所
總 經 銷　聯合發行股份有限公司
地址：新北市新店區寶橋路二三五巷六弄六號二樓
電話：02-2917-8022　傳眞：02-2915-6275
港澳地區　一代匯集
地址：九龍旺角塘尾道64號龍駒企業大廈10樓B&D室
電話：+852-2783-8102　傳眞：+852-2396-0050
初版一刷　2024年02月
定　　價　新台幣 299 元
Published and printed in Taiwan

GAEA ISBN 978-626-384-072-0

RE398

GAEA

THE UNIQUE LEGEND vol. 08

特殊傳說 III

蓋亞文化 讀者迴響

感謝您在茫茫書海中選擇了蓋亞，您的支持是我們最大的動力。
不要缺席喔，讓我們一起乘著夢想的羽翼，穿越時空遨遊天地！

姓名： 性別：□男□女 出生日期： 年 月 日
聯絡電話： 手機：
學歷：□小學□國中□高中□大學□研究所 職業：
E-mail： （請正確填寫）
通訊地址：□□□
本書購自： 縣市 書店
何處得知本書消息：□逛書店□親友推薦□DM廣告□網路□雜誌報導
是否購買過蓋亞其他書籍：□是，書名： □否，首次購買
購買本書的動機是：□封面很吸引人□書名取得很讚□喜歡作者□價格便宜□其他
是否參加過蓋亞所舉辦的活動： □有，參加過 場 □無，因為
喜歡出版社製作什麼樣的贈品： □書卡□文具用品□衣服□作者簽名□海報□無所謂□其他：
您對本書的意見： ◎內容／□滿意□尚可□待改進 ◎編輯／□滿意□尚可□待改進 ◎封面設計／□滿意□尚可□待改進 ◎定價／□滿意□尚可□待改進
推薦好友，讓他們一起分享出版訊息，享有購書優惠 1.姓名： e-mail： 2.姓名： e-mail：
其他建議：

廣告回信 郵資免付
台北郵局登記證
台北廣字第00675號

TO：蓋亞文化有限公司　收
103 台北市承德路二段75巷35號1樓

Gaea

GAEA

GAEA

GAEA